纪念典藏

孤独海子

海子经典诗选

海子 著

北京联合出版公司
Beijing United Publishing Co.,Ltd.

图书在版编目（CIP）数据

孤独海子：海子经典诗选 / 海子著 . -- 北京 ：北京联合出版公司，2019.3

ISBN 978-7-5596-2998-2

Ⅰ．①孤… Ⅱ．①海… Ⅲ．①诗集－中国－当代 Ⅳ．① I227

中国版本图书馆 CIP 数据核字（2019）第 046993 号

孤独海子：海子经典诗选

作　　者：海子
策　　划：人间食粮文化
监　　制：王二若雅
策划编辑：姜应满
特约编辑：朱春香
责任编辑：牛炜征
封面设计：好谢翔
内文排版：柒拾叁号

北京联合出版公司出版
（北京市西城区德外大街 83 号楼 9 层　　100088）
北京联合天畅文化传播公司发行
北京天宇万达印刷有限公司印刷　　新华书店经销
字数 100 千字　850 毫米 ×1092 毫米　1/32　10 印张
2019 年 3 月第 1 版　　2019 年 3 月第 1 次印刷
ISBN 978-7-5596-2998-2
定价：45.00 元

海子（1964—1989）

海子，以梦为马的诗人。纯真质朴、理想主义、抒情诗人……每个读者心中都有一个海子印象。

阅读他的诗，你总能读到麦地、大海、村庄、鲜花、天空、太阳等清新的字眼，"每一个接近他的人，每一个诵读过他的诗篇的人，都能从他身上嗅到四季的轮转、风吹的方向和麦子的成长"。

有人说，海子是个试金石，当海子不能打动你的时候，说明你身上少年的东西已经没了。从海子的诗中，我们可以感受热腾腾的生命气息，暂时忘却生活的黯淡与现实的迷茫。

海子带着对诗歌精神的信念走入了永恒，却把"面朝大海，春暖花开"的梦想留给了后人，留给了我们，留给了世世代代的年轻人。

读者说，今天我们阅读海子，不仅仅是为了怀念，而是它写尽了我们所有的青春、梦想和生活，是为了证明我们并未老去，并未被完全物化。阅读海子，能让我们在喧嚣与浮躁中保持一份宁静与美好。

春天，我们纪念海子，而对海子最好的纪念是去阅读他。

我只愿面朝大海，春暖花开　——海子

目 录

**今夜
我不关心
人类** ／ 我只想你

孤独是
一只鱼筐／是鱼筐中
的泉水

你来
人间一趟／你要
看看太阳

目　录

你是
我的　／ 半截的诗 ／
　　　不许别人更改一个字

公元前
我们还太小 / 公元后
我们又太老

没有
任何夜晚
能使我沉睡 / 没有
任何黎明
能使我醒来

目　录

我
年华虚度 ／ 空有一身
疲倦

**生不
带来** / **死不带去** /

唯黄昏华美而无上

**远方
啊** / **除了遥远** /

一无所有

目　录

春天 / 十个海子全部复活

特别收录

今夜

我不关心
人类 ／ 我只想你

日记

姐姐，今夜我在德令哈，夜色笼罩
姐姐，我今夜只有戈壁

草原尽头我两手空空
悲痛时握不住一颗泪滴
姐姐，今夜我在德令哈
这是雨水中一座荒凉的城

除了那些路过的和居住的
德令哈……今夜
这是唯一的，最后的，抒情。
这是唯一的，最后的，草原。

我把石头还给石头
让胜利的胜利
今夜青稞只属于她自己
一切都在生长
今夜我只有美丽的戈壁　空空
姐姐，今夜我不关心人类，我只想你

1988.7.25 火车经过德令哈

阿尔的太阳①

——给我的瘦哥哥

> "一切我所向着自然创
> 作的，是栗子，从火中取出
> 来的。啊，那些不信仰太阳
> 的人是背弃了神的人。"②

到南方去
到南方去
你的血液里没有情人和春天
没有月亮
面包甚至都不够
朋友更少
只有一群苦痛的孩子，吞噬一切
瘦哥哥凡·高，凡·高啊

① 阿尔系法国南部一小镇，凡·高在此创作了七八十
  幅画，这是他的黄金时期。——海子自注
② 引文摘自凡·高致其弟泰奥书信。——编者注

从地下强劲喷出的

火山一样不计后果的

是丝杉和麦田

还是你自己

喷出多余的活命的时间

其实，你的一只眼睛就可以照亮世界

但你还要使用第三只眼，阿尔的太阳

把星空烧成粗糙的河流

把土地烧得旋转

举起黄色的痉挛的手，向日葵

邀请一切火中取栗的人

不要再画基督的橄榄园

要画就画橄榄收获

画强暴的一团火

代替天上的老爷子

洗净生命

红头发的哥哥，喝完苦艾酒

你就开始点这把火吧

烧吧

1984.4

日出

——见于一个无比幸福的早晨的日出

在黑暗的尽头
太阳，扶着我站起来
我的身体像一个亲爱的祖国，血液流遍
我是一个完全幸福的人
我再也不会否认
我是一个完全的人我是一个无比幸福的人
我全身的黑暗因太阳升起而解除
我再也不会否认　天堂和国家的壮丽景色
和她的存在……在黑暗的尽头！

1987.8.30　醉后早晨

五月的麦地

全世界的兄弟们
要在麦地里拥抱
东方，南方，北方和西方
麦地里的四兄弟，好兄弟
回顾往昔
背诵各自的诗歌
要在麦地里拥抱

有时我孤独一人坐下
在五月的麦地　梦想众兄弟
看到家乡的卵石滚满了河滩
黄昏常存弧形的天空
让大地上布满哀伤的村庄
有时我孤独一人坐在麦地为众兄弟背诵中国诗歌
没有了眼睛也没有了嘴唇

1987.5

七月不远

——给青海湖，请熄灭我的爱情

七月不远
性别的诞生不远
爱情不远——马鼻子下
湖泊含盐

因此青海不远
湖畔一捆捆蜂箱
使我显得凄凄迷人：
青草开满鲜花

青海湖上
我的狐独如天堂的马匹
（因此，天堂的马匹不远）

我就是那个情种：诗中吟唱的野花
天堂的马肚子里唯一含毒的野花
（青海湖，请熄灭我的爱情！）

野花青梗不远，医箱内古老姓氏不远
（其他的浪子，治好了疾病
已回原籍，我这就想去见你们）

因此跋水涉水死亡不远
骨骼挂遍我身体
如同蓝色水上的树枝

啊，青海湖，暮色苍茫的水面
一切如在眼前！

只有五月生命的鸟群早已飞去
只有饮我宝石的头一只鸟早已飞去
只剩下青海湖，这宝石的尸体
　　　　　　暮色苍茫的水面

1986

七月的大海

老乡们，谁能在海上见到你们真是幸福！
我们全都背叛自己的故乡
我们会把幸福当成祖传的职业
放下手中痛苦的诗篇

今天的白浪真大！老乡们，它高过你们的粮仓
如果我中止诉说，如果我意外地忘却了你
把我自己的故乡抛在一边
我连自己都放弃　更不会回到秋收　农民的家中

在七月我总能突然回到荒凉
赶上最后一次
我戴上帽子　穿上泳装　安静地死亡
在七月我总能突然回到荒凉

麦地（或遥远）

发自内心的困扰　饱含麦粒的麦地
内心暴烈
麦粒在手上缠绕

麦粒　大地的裸露
大地的裸露　在家乡多孤独
坐在麦地上忘却粮仓　歉收或充盈的痛苦
谷仓深处倾吐一句真挚的诗　亲人的询问

幸福不是灯火
幸福不能照亮大地
大地遥远　清澈镌刻
痛苦
海水的光芒
映照在绿色粮仓上
鱼鲜撞动

沙漠之上的雪山
天空的刀刃
冰川　散开大片羽毛的光
大片的光　在河流上空　痛苦地飞翔

我，以及其他的证人

故乡的星和羊群
像一支支白色美丽的流水
跑过
小鹿跑过
夜晚的目光紧紧追着

在空旷的野地上，发现第一枝植物
脚插进土地
再也拔不出
那些寂寞的花朵
是春天遗失的嘴唇

为自己的日子
在自己的脸上留下伤口
因为没有别的一切为我们作证

我和过去
隔着黑色的土地
我和未来
隔着无声的空气

我打算卖掉一切
有人出价就行
除了火种、取火的工具
除了眼睛
被你们打得出血的眼睛

一只眼睛留给纷纷的花朵
一只眼睛永不走出铁铸的城门
　　黑井

1984.6

思念前生

庄子在水中洗手
洗完了手，手掌上一片寂静
庄子在水中洗身
身子是一匹布
那布上沾满了
水面上漂来漂去的声音

庄子想混入
凝望月亮的野兽
骨头一寸一寸
在肚脐上下
像树枝一样长着

也许庄子是我

摸一摸树皮

开始对自己的身子

亲切

亲切又苦恼

月亮触到我

仿佛我是光着身子

光着身子

进出

母亲如门，对我轻轻开着

不幸

四月的日子　最好的日子
和十月的日子　最好的日子
比四月更好的日子
像两匹马　拉着一辆车
把我拉向医院的病床
和不幸的病痛

有一座绿色悬崖倒在牧羊人怀中
两匹马
在山上飞

两匹马
白马和红马
积雪和枫叶
犹如姐妹
犹如两种病痛
的鲜花

村庄

村庄里住着
母亲和儿子
儿子静静地长大
母亲静静地注视

芦花丛中
村庄是一只白色的船
我妹妹叫芦花
我妹妹很美丽

1984

恋歌

你们年轻
小伙子，姑娘
在高度挽留你们的地方
你们却用热恋中的目光
在荆丛中描出一条路
你们还用情歌
将我的寂寞静默
解开，从胸前滑下去
我于是开朗起来

我是站着的
生下来就这样
因而高大
线条是粗犷的
你们却把它和细腻的少年情爱
系在一起
你们摇着对方的肩膀
不在乎我的年纪和僵硬的面孔
在我身上笑着闹着
你们勇敢
是一种献身的勇敢

我的沉重的呼吸和黄沙
未能阻止你们的嬉笑
却使你们越挨越近
我感到我的脉搏和着你们的两颗年轻的心
一起激荡，越来越响

秋日山谷

我手捧秋天脱下的盔甲
崇山峻岭大火熊熊
秋天宛若昨天的梦境
我们脱落的睫毛　在山谷变成火把

照亮百花凋零的山谷
把她们变幻无常的一生做成酒精
那是秋天的灯　凛然神采坐在远方
那是醉卧荒山野岭的我们……

……饱经四季的摧残
在山谷，我们的头颅在夜里变成明亮的灯盏和酒杯
相互照亮和祝福之后
此刻我们就要逃遁

1987

生日

起风了
太阳的音乐　太阳的马

你坐在近处　坐在远方
像鱼群跟着渔夫　长出了乳房
葡萄牙村庄　长出了乳房
牧羊人的皮鞭　长出了乳房

当我们住在秋天
大地上刮起了秋风
秋天的雨　一阵又一阵
你坐在近处　坐在远方

那时我们多么寂寞
多么遥远啊？

而现在是生日
我点亮烛火点亮新娘的两只耳朵
其他的人和马的耳朵
竖在北方——那一夜的屋顶

1988.5 删

亚洲铜

亚洲铜，亚洲铜
祖父死在这里，父亲死在这里，我也将死在这里
你是唯一的一块埋人的地方

亚洲铜，亚洲铜
爱怀疑和爱飞翔的是鸟，淹没一切的是海水
你的主人却是青草，住在自己细小的腰上，守住野花的手掌
　　和秘密

亚洲铜，亚洲铜
看见了吗？那两只白鸽子，它是屈原遗落在沙滩上的白鞋子
让我们——我们和河流一起，穿上它吧

亚洲铜，亚洲铜
击鼓之后，我们把在黑暗中跳舞的心脏叫作月亮
这月亮主要由你构成

1984.10

你来

人间一趟／你要
看看太阳

夏天的太阳

夏天
如果这条街没有鞋匠

我就打赤脚
站到太阳下看太阳

我想到在白天出生的孩子
一定是出于故意

你来人间一趟
你要看看太阳

和你的心上人
一起走在街上

了解她
也要了解太阳

（一组健康的工人
正午抽着纸烟）

夏天的太阳
太阳

当年基督入世
也在这阳光下长大

1985.1

活在珍贵的人间

活在这珍贵的人间
太阳强烈
水波温柔
一层层白云覆盖着
我
踩在青草上
感到自己是彻底干净的黑土块

活在这珍贵的人间
泥土高溅
扑打面颊
活在这珍贵的人间
人类和植物一样幸福
爱情和雨水一样幸福

1985.1.12

麦地与诗人

询问

在青麦地上跑着
雪和太阳的光芒

诗人，你无力偿还
麦地和光芒的情义

一种愿望
一种善良
你无力偿还

你无力偿还
一颗放射光芒的星辰
在你头顶寂寞燃烧

答复

麦地
别人看见你
觉得你温暖，美丽

我则站在你痛苦质问的中心
　　　　被你灼伤
我站在太阳　痛苦的芒上

麦地
神秘的质问者啊

当我痛苦地站在你的面前
你不能说我一无所有
你不能说我两手空空

麦地啊，人类的痛苦
是他放射的诗歌和光芒

1987

春天

你迎面走来
冰消雪融
你迎面走来
大地微微颤栗

大地微微颤栗
曾经饱经忧患
在这个节日里
你为什么更加惆怅

野花是一夜喜筵的酒杯
野花是一夜喜筵的新娘
野花是我包容新娘
的彩色屋顶

白雪抱你远去
全凭风声默默流逝
春天啊
春天是我的品质

黎明：一首小诗

黎明
我挣脱
一只陶罐
或大地的边缘

我的双手　向着河流飞翔
我挣脱一只刻划麦穗的陶罐　太阳
我看见自己的面容　火焰
在黎明的风中飘忽不定

我看见自己的面容
火焰　像一片升上天空的大海
像静静的天马
向着河流飞翔

1985 草稿
1987 改

无名的野花

看不见你，十六岁的你
看不见无名的，芳香的
正在开花的你。

看不见提着鞋子　在雨中
走在大草原上的
恍惚的女神

看不见你，小小的年纪
一身红色地走在
空荡荡的风中

来到我身边，
你已经成熟，
你的头发垂下像黑夜。
我是黑夜中孤独的僧侣
埋下种子在石窟中，
我将这九盏灯
嵌入我的肋骨。

无论是白色的还是绿色的
起自天堂或地府的
青海湖上的大风
吹开了紫色血液
开上我的头颅，
我何时成了这一朵
无名的野花？

1988.11.2

给卡夫卡

囚徒核桃的双脚

在冬天放火的囚徒
无疑非常需要温暖
这是亲如母亲的火光
当他被身后的几十根玉米砸倒
在地，这无疑又是
富农的田地

当他想到天空
无疑还是被太阳烧得一干二净
这太阳低下头来，这脚镣明亮
无疑还是自己的双脚，如同核桃
埋在故乡的钢铁里
工程师的钢铁里

1986.6.16

九首诗的村庄

秋夜美丽
使我旧情难忘
我坐在微温的地上
陪伴粮食和水
九首过去的旧诗
像九座美丽的秋天下的村庄
使我旧情难忘

大地在耕种
一语不发，住在家乡
像水滴、丰收或失败
住在我心上

1987

得不到你

得不到你
我用河水做成的妻子
得不到你
我的有弱点的妇女

得不到你
妻子滑动河水
情意泥沙俱下

其余的家庭成员俯伏在锅勺上
得不到你
有弱点的爱情

我们确实被太阳烤焦，秋天内外
我不能再保护自己
我不能再
让爱情随便受伤

得不到你
但我同时又在秋天成亲
歌声四起

1985.11.11

哑脊背

一个穿雨衣的陌生人
来到这座干旱已久的城

（阳光下
他水国的口音很重）

这里的日头直射
人们的脊背

只有夜晚
月亮吸住面孔

月亮也是古诗中
一座旧矿山

只有一个穿雨衣的陌生人
来到这座干旱已久的城

在众人的脊背上
看出了水涨潮，看到了黄河波浪

只有解缆者
又咸又腥

1985

早祷与枭（组诗）

1.

早祷时刻

请你接住我，枭

用胸脯接住我

你要忍痛带走我

    我是赠给你的爱情

    我是赠给你的子弹

2.

钟声，钟声响了

眼睛全部打开

我变成一只船

死在沙漠的枭

其实也足以死在

二十丈桅杆上

一匹意外的骆驼带水而来

3.

哭声从船的那一头传到

这一头

装满了新娘

她们搓手而坐
焦黄的脸
留下居住的只有瞳仁
放光的瞳仁

河岸上
几个小偷走过来
几个小偷是树

月亮被枭泪洗过又洗

4.
岁月吹落了四季之帽
——埋下
淡色的花朵盛开
只为小痛小苦

在土地上
傻张着嘴
他不言又不语
枭，枭又不能怎样？

"呀，谁愿意与我
一前一后走过沼泽
派一个人先死
另一位完成埋葬的义务"

5.
在这个时刻
永远分别是唯一的理由

6.
死后
风抬着你
火速前进
十指
在风中
张开如枭住的小巢

死后
几只枭
分吃了你

小南风细细如笛地吹在下午
所有的小蜻蜓
都找不到你的坟墓

7.
太阳太远了
否则我要埋在那里

8.
早祷，早祷三遍
黎明是一条亮丽之虹
吃下了无数灯
他变得更加明亮
他一头一尾
沉落在四方
沉落在你的肩膀上
你揉揉眼睛
一只小枭
爬出窗户
获得天空

9.
早祷，早祷四遍
要想着爱情的黄昏、黄昏
牧羊人的绝壁上
太阳
一葬就是千里

枭，飞过来，飞过来
这时辰已属于你
结巢，结缘
已黑的天空坐满了头顶
多少次
人间的寻找
其实是防止丢失

10.
杂乱之翅尚未长成
也好
我苦坐苦等
我的身体是一家院子
你进入时不必声张

11.

早祷时刻

七个未婚的老头

躺在床上

眉毛挂霜地

梦到了枭

1985.4

长发飞舞的姑娘（五月之歌）

玫瑰谢了，玫瑰谢了
如早嫁的姐妹飘落，飘落四方
我红色的姐姐，我白色的妹妹
大地和水挽留了她们　熄灭了她们
她们黯然熄灭，永远沉默却是为何？
姐妹们，你们能否告诉我
你们永久的沉默是为了什么

长发飞舞的黑眼睛姑娘
不像我的姐姐　也不像妹妹
不似早嫁的姐妹迟迟不归

如今我坐在街镇的一角
为你歌唱，远离了五谷丰盛的村庄

1987.5

北方的树林

槐树在山脚开花
我们一路走来
躺在山坡上　感受茫茫黄昏
远山像幻觉　默默停留一会

摘下槐花
槐花在手中放出香味
香味　来自大地无尽的忧伤
大地孑然一身　至今仍孑然一身

这是一个北方暮春的黄昏
白杨萧萧　草木葱茏
淡红色云朵在最后静止不动
看见了饱含香脂的松树

是啊，山上只有槐树　杨树和松树
我们坐下　感受茫茫黄昏
莫非这就是你我的黄昏
麦田吹来微风　倾刻沉入黑暗

1987.5

大风

起风的黄昏好像去年秋天
树木损伤的香味弥漫四周

想她头发飘飘
面颊微微发凉
守着她的母亲
抱着她的女儿
坐在盆地中央
坐在她的家中

黄昏幽暗降临
大风刮过天空
万风之王起舞
化为树木受伤

1988.2.4

青海湖

这骄傲的酒杯
为谁举起
荒凉的高原

天空上的鸟和盐　为谁举起

波涛从孤独的十指退去
白鸟的岛屿，儿子们围住
在相距遥远的肮脏镇上。

一只骄傲的酒杯
青海的公主　请把我抱在怀中
我多么贫穷，多么荒芜，我多么肮脏
一双雪白的翅膀也只能给我片刻的幸福

我看见你从太阳中飞来
蓝色的公主　青海湖
我孤独的十指化为天空上雪白的鸟

1988.7.25

孤独

是一只
鱼筐 ╱ 是鱼筐中的
泉水

在昌平的孤独

孤独是一只鱼筐
是鱼筐中的泉水
放在泉水中

孤独是泉水中睡着的鹿王
梦见的猎鹿人
就是那用鱼筐提水的人

以及其他的孤独
是柏木之舟中的两个儿子
和所有女儿，围着诗经桑麻沅湘木叶
在爱情中失败
他们是鱼筐中的火苗
沉到水底

拉到岸上还是一只鱼筐
孤独不可言说

1986

我飞遍草原的天空

草原上的天空不可阻挡
互相击碎的刀剑飞回家乡
佩在姐妹的脖子上
让乳房裸露，子夜的金银顺河流淌

月亮啊　月亮
把新娘的尸体抬到草原上
一只野花的杯子里　鬼魂千万
"我死在野花杯中　我也是一条命啊"

不可饶恕草原上的鬼魂
不可饶恕杀人的刀枪
不可饶恕埋人的石头
更不可饶恕　天空

我从大海来到落日的正中央
飞遍了天空找不到一块落脚之地
今日有粮食却没有饥饿
今天的粮食飞遍了天空

找不到一只饥饿的腹部
饥饿用粮食喂养
更加饥饿，奄奄一息
草原的天空不可阻挡

今天有家的　必须回家
今天有书的　必须读书
今天有刀的　必须杀人
草原的天空不可阻挡

1988.8.13 拉萨

神秘的二月的时光

嚼住泪水，在神秘的
二月的时光

神秘的二月的时光
经过北方单调的平原
来到积雪的山顶
群山正在下雪
山坳中梅树流淌着今年冬天的血
无人知道的，寂静的鲜血

1989.2

夜色

在夜色中
我有三次受难：流浪、爱情、生存
我有三种幸福：诗歌、王位、太阳

1988.2.28 夜

黎明（之二）

（二月的雪，二月的雨）

我把天空和大地打扫干干净净
归还一个陌不相识的人
我寂寞地等，我阴沉地等
二月的雪，二月的雨

泉水白白流淌
花朵为谁开放
永远是这样美丽负伤的麦子
吐着芳香，站在山冈上

荒凉大地承受着荒凉天空的雷霆
圣书上卷是我的翅膀，无比明亮
有时像一个阴沉沉的今天
圣书下卷肮脏而欢乐
当然也是我受伤的翅膀
荒凉大地承受着更加荒凉的天空

我空荡荡的大地和天空
是上卷和下卷合成一本
的圣书，是我重又劈开的肢体
流着雨雪、泪水在二月

1989.2.22

给托尔斯泰

我想起你如一位俄国农妇暴跳如雷
补一只旧鞋的
手
时时停顿
这手掌混同于
兵士的臭脚、马肉和盐
你的灰色头颅一闪而过
教堂的裸麦中央
北方流注的河流马的脾气暴跳如雷
胸膛上面排排旧俄的栅栏暴跳如雷
低矮的天空、灯火和农妇暴跳如雷

吹灭云朵
吹灭火焰
吹灭灯盏
吹灭一切妓女
和善良女人的
嘴唇

你可以耕地，补补旧鞋
你可以爱他人，读读福音书
我记得陈旧的河谷端坐老人
端坐暴跳如雷的老人

1985.12 草稿
1986.12 修改

莫扎特在《安魂曲》中说

我所能看见的妇女
水中的妇女
请在麦地之中
清理好我的骨头
如一束芦花的骨头
把它装在琴箱里带回

我所能看见的
洁净的妇女，河流
上的妇女
请把手伸到麦地之中

当我没有希望
坐在一束麦子上回家
请整理好我那零乱的骨头
放入那暗红色的小木柜，带回它
像带回你们富裕的嫁妆

无题

给我粮食
给我婚礼
给我星辰和马匹
给我歌曲
给我安息！

我的生日
这是位美丽的
折磨人的女俘虏
坐在故乡的打麦场上

在月光下
使村子里的二流子
如痴如醉！

歌：阳光打在地上

阳光打在地上
并不见得
我的胸口在疼
疼又怎样
阳光打在地上

这地上
有人埋过羊骨
有人运过箱子、陶瓶和宝石
有人见过牧猪人，那是长久的漂流之后
阳光打在地上，阳光依然打在地上

这地上
少女们多得好像
我真有这么多女儿
真的曾经这样幸福
用一根水勺子

用小豆、菠菜、油菜

把她们养大

阳光打在地上

1986

女孩子

她走来
断断续续地走来
洁净的脚印
沾满清凉的露水

她有些忧郁
望望用泥草筑起的房屋
望望父亲
她用双手分开黑发
一枝野樱花斜插着默默无语
另一枝送给了谁
却从没人问起

春天是风
秋天是月亮
在我感觉到时
她已去了另一个地方
那里雨后的篱笆像一条蓝色的
小溪

泪水

最后的山顶树叶渐红
群山似穷孩子的灰马和白马
在十月的最后一夜
倒在血泊中

在十月的最后一夜
穷孩子夜里提灯还家　　泪流满面
一切死于中途　　在远离故乡的小镇上
在十月的最后一夜

背靠酒馆白墙的那个人
问起家乡的豆子地里埋葬的人
在十月的最后一夜
问起白马和灰马为谁而死……鲜血殷红

他们的主人是否提灯还家
秋天之魂是否陪伴着他
他们是否都是死人
都在阴间的道路上疯狂奔驰

是否此魂替我打开窗户
替我扔出一本破旧的诗集
在十月的最后一夜
我从此不再写你

两座村庄

和平与情欲的村庄
诗的村庄
村庄母亲昙花一现
村庄母亲美丽绝伦

五月的麦地上　天鹅的村庄
沉默孤独的村庄
一个在前一个在后
这就是普希金和我　诞生的地方

风吹在村庄
风吹在海子的村庄
风吹在村庄的风上
有一阵新鲜有一阵久远

北方星光照耀南国星座
村庄母亲怀中的普希金和我
闺女和鱼群的诗人　安睡在雨滴中
是雨滴就会死亡！

夜里风大　听风吹在村庄
村庄静坐　像黑漆漆的财宝
两座村庄隔河而睡
海子的村庄睡得更沉

1987.2 草稿
1987.5 改

枫

广天一夜
暖如血

高寒的秋之树
长风千万叶
暖如血

一叶知秋
（秋在北方——
青涩坚硬
火焰闪闪的少女
走向成熟和死亡）

多灾多难多梦幻
的北国氏族之女
镰刀和筐内
秋天的头颅落地
姐妹血迹殷红

北国氏族之女
北国之秋住家乡

明日天寒地冻
日短夜长
路远马亡

北国氏族之女
一火灭千秋
虽果亡树在

北国氏族之女
——柿子和枫
相抢□于此秋天①
刀刃闪闪发亮
人头落地　血迹殷红
一只空空的杯子权作诗歌之棺
暖如地血　寒比天风

1987.11.2

① 原稿有缺字。——编者注

野鸽子

当我面朝火光
野鸽子　在我家门前的细树上
吐出黑色的阴影的火焰

野鸽子
——这黑色的诗歌标题　我的懊悔
和一位隐身女诗人的姓名

这究竟是山喜鹊之巢还是野鸽子之巢
在夜色和奥秘中
野鸽子　打开你的翅膀
飞往何方？　在永久之中

你将飞往何方？！

野鸽子是我的姓名
黑夜颜色的奥秘之鸟
我们相逢于一场大火

1988.2

黑夜的献诗

献给黑夜的女儿

黑夜从大地上升起
遮住了光明的天空
丰收后荒凉的大地
黑夜从你内部上升

你从远方来，我到远方去
遥远的路程经过这里
天空一无所有
为何给我安慰

丰收之后荒凉的大地
人们取走了一年的收成
取走了粮食骑走了马
留在地里的人，埋得很深

草杈闪闪发亮，稻草堆在火上
稻谷堆在黑暗的谷仓
谷仓中太黑暗，太寂静，太丰收
也太荒凉，我在丰收中看到了阎王的眼睛

黑雨滴一样的鸟群
从黄昏飞入黑夜
黑夜一无所有
为何给我安慰

走在路上
放声歌唱
大风刮过山岗
上面是无边的天空

1989.2.2

你是我的

/ 半截的诗

/ 不许别人更改一个字

半截的诗

你是我的
半截的诗
半截用心爱着
半截用肉体埋着
你是我的
半截的诗
不许别人更改一个字

山楂树

今夜我不会遇见你
今夜我遇见了世上的一切
但不会遇见你

一棵夏季最后
火红的山楂树
像一辆高大女神的自行车
像一个女孩　畏惧群山
呆呆站在门口
她不会向我
跑来！

我走过黄昏
像风吹向远处的平原
我将在暮色中抱住一棵孤独的树干
山楂树！　一闪而过　啊！　山楂

我要在你火红的乳房下坐到天亮。
又小又美丽的山楂的乳房
在高大女神的自行车上
在农奴的手上
在夜晚就要熄灭

1988.6.8~10

八月尾

即使我是一个粗枝大叶的人
我也看见了红豹子、绿豹子

当流水淙淙
八月的泉水
穿越了山冈
月亮是红豹子
树林是绿豹子
少女是你们俩
生下的花豹子
即使我是一个粗枝大叶的人
少女，树林中
你也藏不住了

八月的尾，树林绿，月亮红
不久我将看到树叶落了
栗树底下
脊背上挂着鹌鹑的人
少女，无论如何
粗枝大叶的人
看见你啦

1986.8.20 夜

眺望北方

我在海边为什么却想到了你
不幸而美丽的人　我的命运
想起你　我在岩石上凿出窗户
眺望光明的七星
眺望北方和北方的七位女儿
在七月的大海上闪烁流火

为什么我用斧头饮水　饮血如水
却用火热的嘴唇来眺望
用头颅上鲜红的嘴唇眺望北方
也许是因为双目失明

那么我就是一个盲目的诗人
在七月的最早几天
想起你　我今夜跑尽这空无一人的街道
明天，明天起来后我要重新做人
我要成为宇宙的孩子　世纪的孩子
挥霍我自己的青春
然后放弃爱情的王位
　　去做铁石心肠的船长

走遍一座座喧闹的都市

　　　我很难梦见什么

除了那第一个七月，永远的七月

七月是黄金的季节啊

当穷苦的人在渔港里领取工钱

我的七月萦绕着我，像那条爱我的孤单的蛇

——她将在痛楚苦涩的海水里度过一生

1987.7 草稿
1988.3 改

太阳和野花

——给AP

太阳是他自己的头
野花是她自己的诗

我对你说
你的母亲不像我的母亲

在月光照耀下
你的母亲是樱桃
我的母亲是血泪

我对天空说
月亮，她是你篮子里纯洁的露水
太阳，我是你场院上发疯的钢铁

太阳是他自己的头
野花是她自己的诗
在一株老榆树的底下
平原上
流过我的骨头

在猎人夫妻的眼中　在山地
那自由的尸首
淌向何方

两位母亲在不同的地方梦着我
两位女儿在不同的地方变成了母亲
当田野还有百合，天空还有鸟群
当你还有一张大弓、满袋好箭
该忘记的早就忘记
该留下的永远留下

太阳是他自己的头
野花是她自己的诗

总是有寂寞的日子
总是有痛苦的日子
总是有孤独的日子
总是有幸福的日子
然后再度孤独

是谁这么告诉过你：
答应我
忍住你的痛苦
不发一言
穿过这整座城市
远远地走来
去看看他　去看看海子
他可能更加痛苦
他在写一首孤独而绝望的诗歌
　　　死亡的诗歌

他写道：
平原上
流过我的骨头
当高原的人　在榆树底下休息
当猎人和众神
或起或坐，时而相视，时而相忘
当牛羊和牛羊在草上
看见一座悬崖上
牧羊人堕下，额角流血
再也救不活他了——

他写道：
平原上
流过我的骨头

这时，你要
去看看他

答应我
忍住你的痛苦
不发一言
穿过这整座城市

那个牧羊人
也许会被你救活
你们还可以成亲
在一对大红蜡烛下
这时他就变成了我

我会在我自己的胸脯找到一切幸福
红色荷包、羊角、蜂巢、嘴唇
和一对白色羊儿般的乳房

我会给你念诗：
太阳是他自己的头
野花是她自己的诗

到那时　到那一夜
也可以换句话说：
太阳是野花的头
野花是太阳的诗
他们只有一颗心
他们只有一颗心

1988.5.16 夜
删 86 年以来许多旧诗稿而得

八月之杯

八月逝去　山峦清晰
河水平滑起伏
此刻才见天空
天空高过往日

有时我想过
八月之杯中安坐真正的诗人
仰视来去不定的云朵
也许我一辈子也不会将你看清

一只空杯子　装满了我撕碎的诗行
一只空杯子　——可曾听见我的喊叫？！
一只空杯子内的父亲啊
内心的鞭子将我们绑在一起抽打

1987

小站

——毕业歌

我年纪很小
不用向谁告别
有点感伤
我让自己静静地坐了一会儿

然后我出发
背上黄挎包
装有一本本薄薄的诗集
书名是一个僻静的小站名

小站到了
一盏灯淡得亲切
大家在熟睡
这样，我是唯一的人
拥有这声车鸣
它在深山散开
唤醒一两位敏感的山民
并得到隐约的回声

不用问
我们已相识
对话中成为真挚的朋友
向你们诉愿
是自自然然的事
我要到草原去
去晒黑自己
晒黑日记蓝色的封皮

去吧，朋友
那片美丽的牧场属于你
朋友，去吧

感动

早晨是一只花鹿
踩到我额上
世界多么好
山洞里的野花
顺着我的身子
一直烧到天亮
一直烧到洞外
世界多么好

而夜晚，那只花鹿
的主人，早已走入
土地深处，背靠树根
在转移一些
你根本无法看见的幸福
野花从地下
一直烧到地面

野花烧到你脸上
把你烧伤
世界多么好
早晨是山洞中
一只踩人的花鹿

1986

在一个阿拉伯沙漠的村镇上

镇子

而今我一无是处
坐在镇子的一头
这是一个不守诺言的时刻
头巾上星光璀璨
阿拉伯沙漠的村镇已是茫茫黄昏
东面一万里是大海
西边一万里是雪山

镇子

三月过去了
四月过去了
上一个秋天的谈话过去了
请在这个日子光临做我的客人

镇子上——天刚蒙蒙亮
草原上——夜的马很大
少言寡语，见一面，短一日

镇子

你坐在
小山坡上
你坐在小山坡上
一个人住在旧粮仓里写诗
又是生日。一匹
多年的
马
飞来了
一匹多年的
旧布包不好伤口

镇子
点亮一根蜡烛
我们死后相聚在湖上
宛如生前。"俄狄普斯——烛光也曾照你杀父
娶母。"
烛火静静叫喊
绿汪汪的水静静叫喊

看见草原和女人的一位盲人
——在烛火静静叫喊

镇子

生日中
你像一位美丽的
女俘虏
坐在故乡的
打麦场上

夜深在村庄摸门
我的什么
遗忘在山上

浪子　你怎么了　你打算用什么办法
将那水中明月
戴在头上

暮色中的马头
斜靠在小镇上

姐妹们早已睡下
打谷场上　空无一人
空无一人

天亮
守夜人
走到神秘的村子

1988.5 删

酒杯：情诗一束

1. 火热的嘴唇

两万只酒杯从你诞生
万物的疾病从你诞生

2. 月亮

沉默的活着的镰刀形的火光
似一颗焚烧的头颅在荒野滚动
沉默的活着的镰刀形的牧场
神秘、寒冷而寂静

3. 乳房

埃及的河水
在埃及的子夜
——这黑夜的酒
这黑夜的酒　变成我的双手

4. 盲目

手在果园里
就不再孤单
两只自己的手
在怀孕别的手

5. 火热的嘴唇

那是花朵　那是头颅做成的酒杯
酒杯在草原上轻轻碰撞
盛满酒精的头颅空空荡荡

火苗熏黑的山梁
帐篷诞生又死亡

火灾中升起的灯光　把大地照亮

七百年前

七百年前辉煌的王城今天是一座肮脏的小镇
当年我打马进城　手提一袋青稞
当年我用一袋青稞换取十八颗人头
还有九颗，葬在城中，下落不明

在山洞里十二只野兽梦想变成老鹰，齐声哀鸣
这是山顶上最后的山洞梦想着天空
突然有一种感觉，好像还是在又饥又饿地走在路上
在幽暗中我写下我的教义，世界又变得明亮

1988.8.18

冬天的雨①

一只船停在荒凉的河岸
那就是你居住的城市
我的外套肮脏，扔在河岸上
我的心情开始平静而开朗

河水上面还是山岗
许多年前冒起了白烟
部落来到这里安下了铁锅
在潮湿的天气里
我的心情开始平静而开朗
这不是别人的街头，也不是我梦中的景色
街头上卖艺人收起了他彩色的帐篷

冬天的雨下在石头上
飘过山梁仍旧是冬天的雨
打一只火把走到船外去看山头的麦地
然后在神像前把火把熄灭
我们沉默地靠在一起
你是一个仙女，是冬天潮湿的石头
你的外表是一把雨伞
你躲在伞中像拒绝天地的石头

① 此诗大概是《雨》的初稿。——编者注

你的黑发披散在冬天的雨中
混同于那些明媚的两省交界的姑娘
在大山的边缘，山顶的雪也隐然远去
像那些在大河上凝固的白帆
我摘下你的头巾，走到你的麦地
这里粮食虽然是潮湿的
仍然是山顶的粮食

野兽在雨中说过的话，我们还要说一遍
我们在火把中把野兽说过的话重复一遍
我看见一个铁匠的火屑飞溅
我看到一条肮脏的河流奔向大海，越来越清澈，平静而
广阔
这都是你的赐予，你手提马灯，手握着艾
平静得像一个夜里的水仙
你的黑发披散着盖住了我的胸脯
我将我那随身携带的弓箭挂到墙上
那弓箭我随身携带了一万年

我的河流这时平静而广阔
容得下多少小溪的混浊
我看见你提着水罐举向我的胸脯
我足够喂养你的嘴唇和你的羊群

我在冬天的雨中奔腾，我的胸脯上藏有明天早晨
明天早晨我的两腿画满了野兽和村落
有的跳跃着，用翅膀用肉体生活
有的死于我的弓箭，长眠不醒

1987.1.11 达县

病少女

白蛾子像美丽
黄昏的伤口
在诗人的眼里想起黄昏

听见村庄在外被风吹拂

当你一家三口走下月台
我端坐车中
如月球居民

病少女　无遮拦的盐碱地上的风
吹在你脸上

病少女　清澈如草
眉目清朗，使人一见难忘
听见了美丽村庄被风吹拂

我爱你的生病的女儿，陌生的父亲

1987.2

幸福的一日

——致秋天的花楸树

我无限地热爱着新的一日
今天的太阳　今天的马　今天的花楸树
使我健康　富足　拥有一生

从黎明到黄昏
阳光充足
胜过一切过去的诗
幸福找到我
幸福说："瞧　这个诗人
他比我本人还要幸福"

在劈开了我的秋天
在劈开了我的骨头的秋天
我爱你，花楸树

1987

九月

目击众神死亡的草原上野花一片
远在远方的风比远方更远
我的琴声呜咽　泪水全无
我把这远方的远归还草原
一个叫马头　一个叫马尾
我的琴声呜咽　泪水全无

远方只有在死亡中凝聚野花一片
明月如镜高悬草原映照千年岁月
我的琴声呜咽　泪水全无
只身打马过草原

1986

没有任何夜晚

能使我
沉睡 / 没有
任何黎明
能使我醒来

西藏

西藏，一块孤独的石头坐满整个天空
没有任何夜晚能使我沉睡
没有任何黎明能使我醒来

一块孤独的石头坐满整个天空
他说：在这一千年里我只热爱我自己

一块孤独的石头坐满整个天空
没有任何泪水使我变成花朵
没有任何国王使我变成王座

1988.8

夜晚　亲爱的朋友

在什么树林，你酒瓶倒倾
你和泪饮酒，在什么树林，把亲人埋葬

在什么河岸，你最寂寞
搬进了空荡的房屋，你最寂寞，点亮灯火

什么季节，你最惆怅
放下了忙乱的箩筐
大地茫茫，河水流淌
是什么人掌灯，把你照亮

哪辆马车，载你而去，奔向远方
奔向远方，你去而不返，是哪辆马车

1987.5.20 黄昏

熟了麦子

那一年
兰州一带的新麦
熟了

在水面上
混了三十多年的父亲
回家来

坐着羊皮筏子
回家来了

有人背着粮食
夜里推门进来

油灯下
认清是三叔

老哥俩
一宵无言

只有水烟锅
咕噜咕噜

谁的心思也是
半尺厚的黄土
熟了麦子呀!

1985.1.20

新娘

故乡的小木屋、筷子、一缸清水
和以后许许多多日子
许许多多告别
被你照耀

今天
我什么也不说
让别人去说
让遥远的江上船夫去说
有一盏灯
是河流幽幽的眼睛
闪亮着
这盏灯今天睡在我的屋子里

过完了这个月，我们打开门
一些花开在高高的树上
一些果结在深深的地下

1984.7

岁月

直木头上
雨水已淡

营地的马
摇动尾巴
横拿月亮拨开木叶你走来
我突然想起一具陈旧的
箩筐

如今雨水已淡
瓮中未满
千秋，我怎么记得住
已经过去的一千个秋天

重建家园

在水上　放弃智慧
停止仰望长空
为了生存你要流下屈辱的泪水
来浇灌家园

生存无须洞察
大地自己呈现
用幸福也用痛苦
来重建家乡的屋顶

放弃沉思和智慧
如果不能带来麦粒
请对诚实的大地
保持缄默　和你那幽暗的本性

风吹炊烟
果园就在我身旁静静叫喊
"双手劳动
　　慰藉心灵"

1987

抱着白虎走过海洋

倾向于宏伟的母亲
抱着白虎走过海洋

陆地上有堂屋五间
一只病床卧于故乡

倾向于故乡的母亲
抱着白虎走过海洋

扶病而出的儿子们
开门望见了血太阳

倾向于太阳的母亲
抱着白虎走过海洋

左边的侍女是生命
右边的侍女是死亡

倾向于死亡的母亲
抱着白虎走过海洋

1986

怅望祁连（之一）

那些是在过去死去的马匹
在明天死去的马匹
因为我的存在
它们在今天不死
它们在今天的湖泊里饮水食盐

天空上的大鸟
从一颗樱桃
或马骷髅中
射下雪来
于是马匹无比安静
这是我的马匹
它们只在今天的湖泊里饮水食盐

1986

雨

打一支火把走到船外去看山头被雨淋湿的麦地
又弱又小的麦子

然后在神像前把火把熄灭
我们沉默地靠在一起
你是一个仙女，住在庄园的深处

月亮　你寒冷的火焰　你雨衣中裸体少女依然新鲜

今天夜晚的火焰穿戴得像一朵鲜花
在南方的天空上游泳
在夜里游泳，越过我的头顶

高地的小村庄又小又贫穷
像一颗麦子
像一把伞
雨中裸体少女沉默不语

贫穷孤独的少女　像女王一样　住在一把伞中
阳光和雨水只能给你尘土和泥泞
你在伞中，躲开一切
拒绝泪水和回忆

雨鞋

我的双脚在你之中
就像火走在柴中

雨鞋和羊和书一起塞进我的柜子
我自己被塞进相框，挂在故乡
那黏土和石头的房子，房子里用木生火
潮湿的木条上冒着烟
我把撕碎的诗稿和被雨打湿
改变了字迹的潮湿的书信
卷起来，这些灰色的信
我没有再读一遍
普希金将她们和拖鞋一起投进壁炉
我则把这些温暖的灰烬
把这些信塞进一双小雨鞋
让她们沉睡千年
梦见洪水和大雨

1987.1.12 达县

从六月到十月

六月积水的妇人，囤积月光的妇人
七月的妇人，贩卖棉花的妇人
八月的树下
洗耳朵的妇人
我听见对面窗户里
九月订婚的妇人
订婚的戒指
像口袋里潮湿的小鸡
十月的妇人则在婚礼上
吹熄盘中的火光，一扇扇漆黑的木门
飘落在草原上

1986.6.19

谣曲（四首）

之一

你是我的哥哥你招一招手
你不是我的哥哥你走你的路

小灯，小灯，抬起他埋下的眼睛

你的树丛大而黑
你的辕马不安宁
你的嘴唇有野蜜
你是丈夫——还是兄弟

小灯，小灯，抬起他埋下的眼睛

你是我的哥哥你招一招手
你不是我的哥哥你走你的路

之二

白鸽，白鸽
扎好我的头巾

风吹着你们的身子
像吹我白色头巾

白鸽白鸽你别说
美丽的脑袋小太阳
到了黑夜变月亮
白鸽白鸽你别说

之三

南风吹木
吹出花果
我要亲你
花果咬破

之四

月亮月亮慢慢亮
照着一只木头床
河流河流快快流
渡过我的心头肉

白马过河一片白
黑马过河一片黑
这一条河流
总是心头的河流

白马过河是月圆
黑马过河是月残
这一只月亮
总是床头的月亮

1986.8

灯

我们坐在灯上
我们火光通明
我们做梦的胳膊搂在一起
我们栖息的桌子飘向麦地
我们安坐的灯火涌向星辰

灯光，我明丽又温暖
的橘黄的雪
披上新娘的微黄的发辫

（灯
只有你
你仿佛无鞋
你总是行色匆匆）
灯，你的名字
掌在我手上

灯，月亮上
亮起的心
和眼睛

灯
躲在山谷
躲在北方山顶的麦地

灯啊
我们做梦的房子飘向麦田
桌子上安放求婚的杯盏
祈求和允诺的嘴唇
是灯

灯
一丛美丽
暖和
一个名字
我的秘密
我的新娘
叫小灯

灯
明天的雪中新娘
安坐屋中
你为什么无鞋
你为什么
竖起一根通红的手指
挡住出嫁日期

1985；1987

爱情故事

两个陌生人
朝你的城市走来

今天夜晚
语言秘密前进
直到完全沉默

完全沉默的是土地
传出民歌沥沥
淋湿了
此心长得郁郁葱葱

两个猎人
向这座城市走来
向王后走来
身后哒姆哒姆
迎亲的鼓
代表无数的栖息与抚摸

两个陌生人
从不说话
向你的城市走来
是我的两只眼睛

1984.12

海子小夜曲

以前的夜里我们静静地坐着
我们双膝如木
我们支起了耳朵
我们听得见平原上的水和诗歌
这是我们自己的平原，夜晚和诗歌

如今只剩下我一个
只有我一个双膝如木
只有我一个支起了耳朵
只有我一个听得见平原上的水
　　　诗歌中的水
在这个下雨的夜晚
如今只剩下我一个
为你写着诗歌
这是我们共同的平原和水
这是我们共同的夜晚和诗歌

是谁这么说过　海水
要走了　要到处看看
我们曾在这儿坐过

1986.8

公元前

我们还太小 ／ 公元后 我们又太老

历史

我们的嘴唇第一次拥有
蓝色的水
盛满陶罐
还有十几只南方的星辰
火种
最初忧伤的别离

岁月呵

你是穿黑色衣服的人
在野地里发现第一枝植物
脚插进土地
再也拔不出
那些寂寞的花朵
是春天遗失的嘴唇

岁月呵，岁月

公元前我们太小
公元后我们又太老
没有人见到那一次真正美丽的微笑

但我还是举手敲门
带来的象形文字
撒落一地

岁月呵
岁月

到家了
我缓缓摘下帽子
靠着爱我的人
合上眼睛
一座古老的铜像坐在墙壁中间
青铜浸透了泪水

岁月呵

1984

梭罗这人有脑子（组诗）

1.

梭罗这人有脑子
像鱼有水、鸟有翅
云彩有天空

2.

好在这人不是女性
否则会有一对
洁白的冬熊
摇摇晃晃上路
靠近他乳房
凑上嘴唇

3.

梭罗这人有脑子
梭罗手头没有别的
抓住了一根棒木
那木棍揍了我

狠狠揍了我
像春天揍了我

4.

梭罗这人有脑子
看见湖泊就高兴

5.

梭罗这人有脑子
用鸟巢做邮筒
两封信同时飞到
还生下许多小信
羽毛翩跹

6.

梭罗这人有脑子
不言不语让东窗天亮西窗天黑
其实他哪有窗子

梭罗这人有脑子
不言不语做男人又做女人
其实生下的儿子还是他自己

7.

灯火的屋中
梭罗的盔
——一卷荷马

这人有脑子
以雪代马
渡我过水

8.

梭罗这人有脑子
月亮照着他的鼻子

9.

那个抒情的鼻子
靠近他的脑子
靠近他深如树林的眼睛
靠近他饮水的唇
　　（愿饮得更深）

构成脑袋
或者叫头

10.

白天和黑夜
像一白一黑
两只寂静的猫
睡在你肩头

你倒在林间路途上

让床在木屋中生病
梭罗这人有脑子
让野花结成果子

11.

梭罗这人有脑子
像鱼有水、鸟有翅
云彩有天空

梭罗这人就是
我的云彩，四方邻国
的云彩，安静
在豆田之西
我的草帽上

12.

太阳，我种的
豆子，凑上嘴唇
我放水过河

梭罗这人有脑子

梭罗的盔
——一卷荷马

1986.8.15

秋

用我们横陈于地的骸骨
在沙滩上写下：青春。然后背起衰老的父亲
时日漫长　方向中断
动物般的恐惧充塞着我们的诗歌

谁的声音能抵达秋之子夜　长久喧响
掩盖我们横陈于地的骸骨——
秋已来临。
没有丝毫的宽恕和温情：秋已来临

1987.8

花儿为什么这样红

透过泪水看见马车上堆满了鲜花。

豹子和鸟，惊慌地倒下，像一滴泪水
——透过泪水看见
马车上堆满了鲜花。

风，你四面八方
多少绿色的头发，多少姐妹
挂满了雨雪。

坐在夜王为我铺草的马车中。

黑夜，你就是这巨大的歌唱的车辆
围住了中间
说话的火。

一夜之间，草原如此深厚，如此神秘，如此遥远
我断送了自己的一生
在北方悲伤的黄昏的原野。

1988.11.20

城里

面对棵棵绿树
坐着
一动不动
汽车声音响起在
脊背上
我这就想把我这
盖满落叶的旧外套
寄给这城里
任何一个人
这城里
有我的一份工资
有我的一份水
这城里
我爱着一个人
我爱着两只手
我爱着十只小鱼
跳进我的头发
我最爱煮熟的麦子
谁在这城里快活地走着
我就爱谁

1985

春天

春天的时刻上登天空
舔着十指上的鲜血
春天空空荡荡
培养欲望　鼓吹死亡

风是这样大
尘土这样强暴
再也不愿从事埋葬
多少头颅破土而出

春天，残酷的春天
每一只手，每一位神
都鲜血淋淋
撕裂了大地胸膛

太阳啊
你那愚蠢的儿子呢
他去了何方
天空如此辽阔

烧死在悲痛的表面
大海啊
这阳光闪烁
的悲痛表面

秋天的儿子
他去了何方
千秋万代中那唯一的儿子
去了何方？

女儿内心充满仇恨和寒冷
想念你，爱着你，但看不见你
她没有你就像天空没有边缘
天空空空荡荡，一派生机
我们无可奈何
我们无法活在悲痛的中心

天空上的光明
你照亮我们
给我们温暖的生命
但我们不是为你而活着

我们活着只为了自我
也只有短暂的一个春天的早晨

愿你将我宽恕
愿你在这原始的中心安宁而幸福地居住
你坐在太阳中央把斧子越磨越亮，放着光明
愿你在一个宁静的早晨将我宽恕
将我收起在一个光明的中心
愿我在这个宁静的早晨随你而去
忘却所有的诗歌
我会在中心安宁地居住，就像你一样
把他的斧子越磨越亮，吃，劳动，舞蹈
沉浸于太阳的光明

在羊群踩出的道上是羊群的灵魂蜂拥而过
在豹子踩出的道上是豹子的灵魂蜂拥而过
哪儿有我们人类的通道
有着锐利感觉的斧子
像光芒　在我胸口
越磨越亮

太阳的波浪
隐隐作痛
我进入太阳
粗糙而光明

那前一个夜晚
人类携带妻子
疯狂奔跑四散
这是春天
这是最后的春天
他们去了何方？

天空辽阔
低垂黄昏
人类破碎
我内心混沌一片
我面对着春天
我就是她的鲜血和黑暗

我内心浑浊而宁静
我在这里粗糙而光明

大地啊

你过去埋葬了我

今天又使我复活

和春天一起

沉默在我内部

天空之火在我内部

吹向旷野

旷野自己照亮

在最后的时刻　　海底

在最后的黎明之前　　他们去了何方？

1987.7 草稿
1988.2 二稿
1989.3 三稿

给 B 的生日^①

天亮我梦见你的生日
好像羊羔滚向东方
——那太阳升起的地方

黄昏我梦见我的死亡
好像羊羔滚向西方
——那太阳落下的地方

秋天来到，一切难忘
好像两只羊羔在途中相遇
在运送太阳的途中相遇
碰碰鼻子和嘴唇
——那友爱的地方
那秋风吹凉的地方
那片我曾经吻过的地方

1986.9.10

① B 为海子初恋的女友，中国政法大学 1983 级学生。——编者注

让我把脚丫搁在黄昏中一位木匠的工具箱上

我坐在中午，苍白如同水中的鸟
苍白如同一位户内的木匠
在我钉成一支十字木头的时刻
在我自己故乡的门前
对面屋顶的鸟
有一只苍老而死

是谁说，寂静的水中，我遇见了这只苍老的鸟

就让我歇脚在马厩之中
如果不是因为时辰不好
我记得自己来自一个更美好的地方
让我把脚丫搁在黄昏中一位木匠的工具箱上
或者让我的脚丫在木匠家中长成一段白木
正当鸽子或者水中的鸟穿行于未婚妻的腹部
我被木匠锯子锯开，做成木匠儿子
的摇篮。十字架

1986.6.15

雪

千辛万苦回到故乡
我的骨骼雪白　也长不出青稞

雪山，我的草原因你的乳房而明亮
冰冷而灿烂

我的病已好
雪的日子　我只想到雪中去死
我的头顶放出光芒！

有时我背靠草原
马头作琴　马尾为弦
戴上喜马拉雅　这烈火的王冠

有时我退回盆地，背靠成都
人们无所事事，我也无所事事，
只有爱情　剑　马的四蹄

割下嘴唇放在火上
大雪飘飘
不见昔日肮脏的山头
都被雪白的乳房拥抱
深夜中　火王子　独自吃着石头　独自饮酒

1988.8

北斗七星　七座村庄

——献给萍水相逢的额济纳姑娘

村庄　水上运来的房梁　漂泊不定
还有十天　我就要结束漂泊的生涯
回到五谷丰盛的村庄　废弃果园的村庄
村庄　是沙漠深处你居住的地方　额济纳！

秋天的风早早地吹　秋天的风高高地吹
静静面对额济纳
白杨树下我吹灭你的那双眼睛
额济纳　大沙漠上静静地睡

额济纳姑娘　我黑而秀美的姑娘
你的嘴唇在诉说　在歌唱
五谷的风儿吹过骆驼和牛羊
翻过沙漠　你是镇子上最令人难忘的姑娘

1986

折梅

站在那里折梅花
山坡上的梅花
寂静的太平洋上一封信
寂静的太平洋上一人站在那里折梅花

折梅人在天上
天堂大雪纷纷　一人踏雪无痕
天堂和寂静的天山一样
大雪纷纷
站在那里折梅
亚洲，上帝的伞
上帝的斗篷，太平洋
太平洋上海水茫茫
上帝带给我一封信
是她写给我的信
我坐在茫茫太平洋上折梅，写信

1989.2.3

光棍

神秘客人那位食玉米担玉米　草筐中埋着牛肝的那光棍
在春天用了一把大火
烧光家园　使众人受伤

大家伤心唏嘘不已
穷得丁当响的酒柜上
光棍光芒万丈

老英雄
走上前来
抱住那光棍
坐在黄昏
歌唱江山
布满眼泪

1987（？）

十四行：玫瑰花

玫瑰花　蜜一样的身体
玫瑰花园　黑夜一样的头发
覆盖了白雪隆起的乳房

白雪的门　白雪的门外被白雪盖住的两只酒盅
白雪的窗户　白雪的窗内两只火红的玫瑰谷
或两只火红的蜡烛……热情的蜡烛自行燃尽
两只丁当作响的酒盅……热情的酒浆被我啜饮

在秋天我感到了　你的乳房　你的蜜
像夏天的火　春天的风　落在我怀里
像太阳的蜂群落入黑夜的酒浆
像波斯古国的玫瑰花园　使人魂归天堂

肉体却必须永远活在设拉子①
—— 千年如斯
玫瑰花　你蜜一样的身体

1987.8

① 设拉子，一译舍拉子，波斯（今伊朗）地名。——编者注

给你（组诗）

1.

在赤裸的高高的草原上
我相信这一切：
我的脚，一颗牝马的心
两道犁沟，大麦和露水
在那高高的草原上，白云浮动
我相信天才，耐心和长寿
我相信有人正慢慢地艰难地爱上我
别的人不会，除非是你
我俩一见钟情
在那高高的草原上
赤裸的草原上
我相信这一切
我相信我俩一见钟情

2.

我爱你
跑了很远的路
马睡在草上
月亮照着他的鼻子

3.
爱你的时刻
住在旧粮仓里
写诗在黄昏

我曾和你在一起
在黄昏中坐过
在黄色麦田的黄昏
在春天的黄昏
我该对你说些什么

黄昏是我的家乡
你是家乡静静生长的姑娘
你是在静静的情义中生长
没有一点声响
你一直走到我心上

4.
当她在北方草原摘花的时候
我的双手驶过南方水草
用十指拨开

寂寞的家门

她家木门下几个姐妹的脸
亲人的脸
像南方的雨
真正的雨水
落在我头上

5.
冬天的人
像神祇一样走来
因为我在冬天爱上了你

1986.8

我请求：雨

我请求熄灭
生铁的光、爱人的光和阳光
我请求下雨
我请求
在夜里死去

我请求在早上
你碰见
埋我的人

岁月的尘埃无边
秋天
我请求：
下一场雨
洗清我的骨头

我的眼睛合上
我请求：
雨
雨是一生过错
雨是悲欢离合

1985.3

我

年华虚度

／空有
一身疲倦

祖国（或以梦为马）

我要做远方的忠诚的儿子
和物质的短暂情人
和所有以梦为马的诗人一样
我不得不和烈士和小丑走在同一道路上

万人都要将火熄灭　我一人独将此火高高举起
此火为大　开花落英于神圣的祖国
和所有以梦为马的诗人一样
我藉此火得度一生的茫茫黑夜

此火为大　祖国的语言和乱石投筑的梁山城寨
以梦为上的敦煌——那七月也会寒冷的骨骼
如雪白的柴和坚硬的条条白雪　横放在众神之山
和所有以梦为马的诗人一样
我投入此火　这三者是囚禁我的灯盏　吐出光辉

万人都要从我刀口走过　去建筑祖国的语言
我甘愿一切从头开始
和所有以梦为马的诗人一样
我也愿将牢底坐穿

众神创造物中只有我最易朽　带着不可抗拒的死亡的速度
只有粮食是我珍爱　我将她紧紧抱住　抱住她　在故乡生儿
　育女
和所有以梦为马的诗人一样
我也愿将自己埋葬在四周高高的山上　守望平静家园

面对大河我无限惭愧
我年华虚度　空有一身疲倦
和所有以梦为马的诗人一样
岁月易逝　一滴不剩　水滴中有一匹马儿一命归天

千年后如若我再生于祖国的河岸
千年后我再次拥有中国的稻田　和周天子的雪山
　天马踢踏
和所有以梦为马的诗人一样
我选择永恒的事业

我的事业　就是要成为太阳的一生
他从古至今——"日"——他无比辉煌无比光明
和所有以梦为马的诗人一样
最后我被黄昏的众神抬入不朽的太阳

太阳是我的名字

太阳是我的一生

太阳的山顶埋葬　诗歌的尸体——千年王国和我

骑着五千年凤凰和名字叫"马"的龙——我必将失败

但诗歌本身以太阳必将胜利①

1987

明天醒来我会在哪一只鞋子里

我想我已经够小心翼翼的
我的脚趾正好十个
我的手指正好十个
我生下来时哭几声
我死去时别人又哭
我不声不响地
带来自己这个包袱
尽管我不喜爱自己
但我还是悄悄打开

我在黄昏时坐在地球上
我这样说并不表明晚上
我就不在地球上　　早上同样
地球在你屁股下
结结实实
老不死的地球你好

或者我干脆就是树枝
我以前睡在黑暗的壳里
我的脑袋就是我的边疆
就是一颗梨

在我成形之前
我是知冷知热的白花

或者我的脑袋是一只猫
安放在肩膀上
造我的女主人荷月远去
成群的阳光照着大猫小猫
我的呼吸
一直在证明
树叶飘飘

我不能放弃幸福
或相反
我以痛苦为生
埋葬半截
来到村口或山上
我盯住人们死看：
呀，生硬的黄土，人丁兴旺

1985.6.6

160

房屋

你在早上
碰落的第一滴露水
肯定和你的爱人有关
你在中午饮马
在一枝青丫下稍立片刻
也和她有关
你在暮色中
坐在屋子里，不动
还是与她有关

你不要不承认

巨日消隐，泥沙相合，狂风奔起
那雨天雨地哭得有情有意
而爱情房屋温情地坐着
遮蔽母亲也遮蔽儿子

遮蔽你也遮蔽我

1985

海上

所有的日子都是海上的日子
穷苦的渔夫
肉疙瘩像一卷笨拙的绳索
在波浪上展开
想抓住远方
闪闪发亮的东西
其实那只是太阳的假笑
他抓住的只是几块会腐烂的木板：
房屋、船和棺材

成群游来鱼的脊背
无始无终
只有关于青春的说法
一触即断

1984.6

秋天

秋天红色的膝盖
跪在地上
小花死在回家的路上
泪水打湿
鸽子的后脑勺

一位少年去摘苹果树上的灯

植物没有眼睛
挂着冬天的身份牌
一条干涸的河
是动物的最后情感

一位少年人去摘苹果树上的灯①

我的眼睛
黑玻璃，白玻璃
证明不了什么
秋天一定在努力地忘记着
嘴唇吹灭很少的云朵

一位少年去摘苹果树上的灯

1984.11

① 本行"少年人"，原稿如此。——编者注

秋

秋天深了，神的家中鹰在集合
神的故乡鹰在言语
秋天深了，王在写诗
在这个世界上秋天深了
得到的尚未得到
该丧失的早已丧失

1987

秋天的祖国

——致毛泽东，他说"一万年太久"。

一万次秋天的河流拉着头颅　犁过烈火燎烈的城邦
心还张开着春天的欲望滋生的每一道伤口

秋雷隐隐　圣火燎烈
神秘的春天之火化为灰烬落在我们的脚旁

携带一只头盖骨嗑嗑作响的囚徒
让我把他的头盖制成一只金色的号角　在秋天吹响

他称我为青春的诗人　爱与死的诗人
他要我在金角吹响的秋天走遍祖国和异邦

从新疆到云南　坐上十万座大山
秋天　如此遥远的群狮　相会在飞翔中

飞翔的祖国的群狮　携带着我走遍圣火燎烈的城邦
如今是秋风阵阵　吹在我暮色苍茫的嘴唇上

土地表层　那温暖的信风和血滋生的种种欲望
如今全要化为尸首和肥料　金角吹响
如今只有他　宽恕一度喧嚣的众生
把春天和夏天的血痕从嘴唇上抹掉
大地似乎苦难而丰盛

黑翅膀

今夜在日喀则，上半夜下起了小雨
只有一串北方的星，七位姐妹
紧咬雪白的牙齿，看见了我这一对黑翅膀

北方的七星　照不亮世界
牧女头枕青稞独眠一天的地方今夜满是泥泞
今夜在日喀则，下半夜天空满是星辰

但夜更深就更黑，但毕竟黑不过我的翅膀
今夜在日喀则，借床休息，听见婴儿的哭声
为了什么这个小人儿感到委屈？是不是因为她感到了黑夜中
　的幸福

愿你低声啜泣　但不要彻夜不眠
我今夜难以入睡是因为我这双黑过黑夜的翅膀
我不哭泣　也不歌唱　我要用我的翅膀飞回北方

飞回北方　北方的七星还在北方
只不过在路途上指示了方向，就像一种思念
她长满了我的全身　在烛光下酷似黑色的翅膀

1988.7（？）

夜月

一扇又一扇门
推开树林
太阳把血
放入灯盏

河静静卧在
人的村庄
人居住的地方
人的门环上

鸟巢挂在
离人间八尺
的树上
我仿佛离人间二丈

一切都原模原样
一切都存入
人的
世世代代的脸，一切不幸

我仿佛

一口祖先们

向后代挖掘的井

一切不幸都源于，我幽深的水

1985.6.19

最后一夜和第一日的献诗

今夜你的黑头发
是岩石上寂寞的黑夜,
牧羊人用雪白的羊群
填满飞机场周围的黑暗

黑夜比我更早睡去
黑夜是神的伤口
你是我的伤口
羊群和花朵也是岩石的伤口

雪山　用大雪填满飞机场周围的黑暗
雪山女神吃的是野兽穿的是鲜花
今夜　九十九座雪山高出天堂
使我彻夜难眠

1989.1.16 草稿
1989.1.24 改

酒杯

你的泪水为我洗去尘土和孤独
你的泪水为我在飞机场周围的稻谷间珍藏
酒杯，你这石头的少女，你这石头的牢房，石头的伞

酒，石头的牢房囚禁又释放的满天奔腾的闪电
昨天一夜明亮的闪电使我的杯子又满又空
看哪！河水带来的泥沙堆起孤独的房屋

看哪！你的房子小得像一只酒杯
你的房子小得像一把石头的伞

多云的天空下　　潮湿的风吹干的道路
你找不到我，你就是找不到我，你怎么也找不到我
在昔日山坡的羊群中

酒杯，你是一间又破又黑的旧教室
淹没在一片海水

1989（？）1.14

写给脖子上的菩萨

呼吸，呼吸
我们是装满热气的
两只小瓶
被菩萨放在一起

菩萨是一位很愿意
帮忙的
东方女人
一生只帮你一次

这也足够了
通过她
也通过我自己
双手碰到了你，你的

呼吸

两片抖动的小红帆
含在我的唇间
菩萨知道
菩萨住在竹林里

她什么都知道
知道今晚
知道一切恩情
知道海水是我
洗着你的眉
知道你就在我身上呼吸，呼吸

菩萨愿意
菩萨心里非常愿意
就让我出生
让我长成的身体上
挂着潮湿的你

1985.4

粮食

埋着猎人的山冈
是猎人生前唯一的粮食

粮食
是图画中的妻子

西边山上
九只母狼
东边山上
一轮月亮

反复抱过的妻子是枪
枪是沉睡爱情的村庄

遥远的路程

十四行献给 89 年初的雪

我的灯和酒坛上落满灰尘
而遥远的路程上却干干净净
我站在元月七日的大雪中，还是四年以前的我
我站在这里，落满了灰尘，四年多像一天，没有变动
大雪使屋子内部更暗，待到明日天晴
阳光下的大雪刺痛人的眼睛，这是雪地，使人羞愧
一双寂寞的黑眼睛多想大雪一直下到他内部

雪地上树是黑暗的，黑暗得像平常天空飞过的鸟群
那时候你是愉快的，忧伤的，混沌的
大雪今日为我而下，映照我的肮脏
我就是一把空空的铁锹
铁锹空得连灰尘也没有
大雪一直纷纷扬扬
远方就是这样的，就是我站立的地方

1989.1.7

幸福（或我的女儿叫波兰）^①

当我俩同在草原晒黑
是否饮下这最初的幸福　最初的吻

当云朵清楚极了
听得见你我嘴唇
这两朵神秘火焰

这是我母亲给我的嘴唇
这是你母亲给你的嘴唇
我们合着眼睛共同啜饮
像万里洁白的羊群共同啜饮

当我睁开双眼
你头发散乱
乳房像黎明的两只月亮

在有太阳的弯曲的木头上
晾干你美如黑夜的头发

1986（？）

① 海子喜欢"波兰"一词，"女儿叫波兰"
并无特别所指。——编者注

远方啊

／ 除了遥远

／ 一无所有

远方

远方除了遥远一无所有

遥远的青稞地
除了青稞　一无所有

更远的地方　更加孤独
远方啊　除了遥远　一无所有

这时　石头
飞到我身边

石头　长出　血
石头　长出　七姐妹

站在一片荒芜的草原上

那时我在远方
那时我自由而贫穷

这些不能触摸的　姐妹
这些不能触摸的　血
这些不能触摸的　远方的幸福
远方的幸福　是多少痛苦

1988.8.19 萨迦夜，21 拉萨

黎明

黎明以前的深水杀死了我。

月光照耀仲夏之夜的脖子
秋天收割的脖子。我的百姓

秋天收起八九尺的水
水深杀我,河流的丈夫
收起我的黎明之前的头

黎明之前的亲人抱玉入楚国
唯一的亲人
黎明之前双腿被砍断

秋天收起他的双腿
像收起八九尺的水

那是在五月。黎明以前的深水杀死了我

1986.6.20

黎明和黄昏

——两次嫁妆，两位姐妹

黄昏自我断送
夜色美好
夜色在山上越长越大

马与羊　钻出石头　在山上越长越大

白雪飘落　在这个黄昏
向我隐隐献出
她们自己

我的秘密的女神
我该用怎样的韵律
告诉你，侍奉你
我该用怎样的流血
在山头舔好自己的伤口
了望一望无际的大地
以此慰藉

以"遗忘"为伴侣
我将把自己带出那些可以辨认嘴脸的火把之光
从此踏上无可救药的道路

把肉体当作草原上最后的帐篷
那些神秘的编织女人
纺轮被黄昏的天空映得泛红
血液颜色的轮轴　一夜作响

我屈从于她们
死于剑下的晚霞的姐妹
在夜色中起飞
我屈从于黄昏秘密的飞行
肉体回到黑夜的高空

两半血红的月亮抱在一起
迟至今日
我仍难以诉说

那些背叛父母和家园
却热爱生活的人
为什么要和我结伴上路

我的青春　我的几卷革命札记
被道路上的难民镌刻在一只乞讨生活的木碗上

那只碗曾盛过殷红如血的晚霞和往日一切生活

在死到临头
他是否摔碎
还是留传孩子

晚霞燃烧
厄运难逃
我在人生的尽头
抱住一位宝贵的诗人痛哭失声
却永远无法更改自己的命运

我就是那位被人拥抱的诗人
宝贵的诗人
看见晚霞映照草原
内心痛苦甚于别人

人类犹如黄昏和夜晚的灰烬
散布在河畔　忧伤疲倦
人类犹如火种的脚　在大地上行走

晚霞充满大火
和焦味。一望无际
伸展在平原和荒凉的海滩
两半血红的月亮抱在一起
那是诗人孤独的王座

愿有情人终成眷属
愿麦子和麦子长在一起
愿河流与河流流归一处

浩瀚无际的河水顺着夜色流淌
神秘的流浪国王
在夜色中回到故乡

城市破碎
流浪的国王
我为你歌唱

夜色使平原广大　使北方无限　使烈火吹遍
把北方无尽的黄昏抬向滚滚高空
黎明更高　铺在海洋上

1987

九月的云

九月的云
展开殓布

九月的云
晴朗的云

被迫在盘子上，我
刻下诗句和云

我爱这美丽的云

水上有光
河水向前

我一向言语滔滔
我爱着美丽的云

1986

自画像

镜子是摆在桌上的
一只碗
我的脸
是碗中的土豆
嘿，从地里长出了
这些温暖的骨头

1984

给母亲（组诗）

1. 风

风很美　果实也美
小小的风很美
自然界的乳房也美

水很美　水啊
无人和你
说话的时刻很美

你家中破旧的门
遮住的贫穷很美

风　吹遍草原
马的骨头　绿了

2. 泉水

泉水　泉水
生物的嘴唇
蓝色的母亲
用肉体

用野花的琴
盖住岩石
盖住骨头和酒杯

3. 云

母亲
老了，垂下白发
母亲你去休息吧
山坡上伏着安静的儿子
就像山腰安静的水
流着天空

我歌唱云朵
雨水的姐妹
美丽的求婚
我知道自己颂扬情侣的诗歌没有了用场

我歌唱云朵
我知道自己终究会幸福
和一切圣洁的人
相聚在天堂

4. 雪

妈妈又坐在家乡的矮凳子上想我

那一只凳子仿佛是我积雪的屋顶

妈妈的屋顶
明天早上
霞光万道
我要看到你
妈妈，妈妈
你面朝谷仓
脚踏黄昏
我知道你日见衰老

5. 语言和井

语言的本身
像母亲
总有话说，在河畔
在经验之河的两岸
在现象之河的两岸
花朵像柔美的妻子
倾听的耳朵和诗歌
长满一地
倾听受难的水

水落在远方

1984；1985 改；1986 再改

盲目

——给维特根施坦

那个人躲在山谷里研究刑法
那个人打扰了语言本身
打扰了那个俘虏和园丁

扰乱了谷草的图案
那个人躲在山谷里
研究犯罪和刑罚

那个人在寒冷草原搬动木桶
那个人牵着骆驼，模仿沉默的园丁
那个人咀嚼谷草犹如牲畜
那个人仿佛就是语言自身的饥饿

多欲的父亲
娶下饱满的母亲
在部落里怀孕
在酒馆里怀孕
在渔船上怀孕
船舱内消瘦的哲学家思索多欲的父亲
是多么懊恼

多欲的父亲　央求家宅存在　门窗齐全
多欲的父亲　在我们身上　如此使我们恼火

（挺矛而上的哲学家
是一个赤裸裸的人）

是我的裸体
骑上时间绿色的群马
冲向语言在时间中的饥饿和犯罪
那个人躲在山谷里研究刑法

1987.7.16

诗人叶赛宁（组诗）

1. 诞生

星日朗朗
野花的村庄
湖水荡漾
野花！
生下诗人

湖水在怀孕
在怀孕
一对蓓蕾
野花的小手在怀孕
生下诗人叶赛宁

野花的村庄漆黑
如同无人居住
野花，我的村庄公主
安坐痛苦的北方
生下诗人

谁家的窗户
灯火明亮

是野花，一只安详燃烧的灯
坐在泥土的灯台上
生下诗人叶赛宁

2. 乡村的云

乡村的云
故乡
你们俩是
水上的一对孩子

云朵的门啊，请为幸福的人们打开
请为幸福
和山坡上无处躲藏的忧伤的眼睛
打开！

3. 少女

少女
头枕斧头和水
安然睡去
一个春天

一朵花
一片海滩　一片田园

少女
一根伐自上帝
美丽的枝条

少女
月亮的马
两颗水滴
对称的乳房

4. 诗人叶赛宁

我是中国诗人
稻谷的儿子
茶花的女儿
也是欧罗巴诗人
儿子叫意大利
女儿叫波兰
我饱经忧患
一贫如洗

昨日行走流浪

来到波斯酒馆

别人叫我

诗人叶赛宁

浪子叶赛宁

叶赛宁

俄罗斯的嘴唇

梁赞的屋顶

黄昏的面容

农民的心

一颗农民的心

坐在酒馆

像坐在一滴酒中

坐在一滴水中

坐在一滴血中

仙鹤飞走了

桌子抬走了

尸体抬走了

屋里安坐忧郁的诗人

仍然安坐诗人叶赛宁

叶赛宁

不曾料到又一次

春回大地
大地是我死后爱上的女人
大地啊
美丽的是你
丑陋的是我
诗人叶赛宁
在大地中
死而复生

5. 玉米地

微风吹过这座小小的山冈
玉米地里棵棵玉米又瘦又小

我浇水　看着这些小小的可爱又瘦小的叶子
青青杨树叶子喧响在那一头
太阳远远地燃烧
落入一座空空的山谷

树叶是采自诸神的枪枝和婚床
圆形盾牌镌刻着无知的文字

6. 醉卧故乡

故乡的夜晚醉倒在地
在蓝色的月光下
飞翔的是我
感觉到心脏，一颗光芒四射的星辰
醉倒在地，头举着王冠
头举着五月的麦地
举着故乡晕眩的屋顶
或者星空，醉倒在大地上！
大地，你先我而醉
我要扶住你
大地！

我醉了
我是醉了
我称山为兄弟、水为姐妹、树林是情人
我有夜难眠，有花难戴
满腹话儿无处诉说
只有碰破头颅
霞光落在四邻屋顶

我的双脚踏在故乡的路上变成亲人的双脚
一路蹒跚在黄昏　升上南国星座
双手飞舞，口中喃喃不绝
我在飞翔
急促而深情
飞翔的是我的心脏
我感觉要坐稳在自己身上
故乡，一个姓名
一句
美丽的诗行
故乡的夜晚醉倒在地

7. 浪子旅程

我是浪子
我戴着水浪的帽子
我戴着漂泊的屋顶
灯火吹灭我
家乡赶走我
来到酒馆和城市

我本是农家子弟

我本应该成为
迷雾退去的河岸上
年轻的乡村教师
从都会师院毕业后
在一个黎明
和一位纯朴的农家少女
一起陷入情网
但为什么
我来到了酒馆
和城市

虽然我曾与母牛狗仔同歇在
露西亚天国
虽然我在故乡山冈
曾与一个哑巴
互换歌唱
虽然我二十年不吱一声
爱着你，母亲和外祖父
我仍下到酒馆——俄罗斯船舱底层
啜饮酒杯的边缘
为不幸而凶狠的人们
朗诵放荡疯狂的诗

我要还家

我要转回故乡，头上插满鲜花

我要在故乡的天空下

沉默寡言或大声谈吐

我要头上插满故乡的鲜花

8. 绝命

此刻在美丽的小镇上

苦荞麦儿香

说声分手吧

和另一位叶赛宁　双手紧紧握住

点着烛火，烧掉旧诗

说声分手吧

分开编过少女秀发的十指

秀发像五月的麦苗　曾轻轻含在嘴里

和另一位叶赛宁分手

用剥过蛇皮蒙上鼓面的人类之手

自杀身亡，为了美丽歌谣的神奇鼓面

蛇皮鼓啊如今你在村中已是泪水灯笼

说声分手吧　松开埋葬自己的十指
把自己在诗篇中埋葬
此刻在美丽的小镇上
不会有苦荞麦儿香

9. 天才

轻雷滚过的风中
白杨树梢摇动
在这个黄昏
我想到天才的命运

在此刻我想起你凡·高和韩波
那些命中注定的天才
一言不发
心情宁静

那些人
站在月亮中把头颅轻轻摇晃

手持火把，腰围面粉袋
心情宁静

暮色苍茫
永不复返的人哪
在孤寂的空无一人的打谷场上
被三位姐妹苦苦留下。

痛苦的天才们
饥渴难挨
可是河中滴水全无
面粉袋中没有一点面粉

轻雷滚过的风中
死者的鞋子，仍在行走
如车轮，如命运
沾满谷物与盲目的泥土

1986.2～1987.5

野花

野花
和平与情歌
的村庄
女儿的女儿
野花

中国丁香的少女！
在林中酣睡
长发似水
容貌美丽无比
你是囚禁在一颗褐色星球上孤独的情人！

野兽的琴
各色小鸟秘密的隐衷
大地彩色的屋顶
太小太美
如心

心啊
雨和幸福
的女儿

水滴爱你

伴侣爱你

我爱你

野花自己也爱你

1987.10

桃花

曙光中黄金的车子上
血红的，爆炸裂开的
太阳私生的女儿
在迟钝的流着血
像一个起义集团内部
草原上野蛮荒凉的弯刀

1989.3.15

喜马拉雅

高原悬在天空
天空向我滚来
我丢失了一切
面前只有大海

我是在我自己的远方
我在故乡的海底——
走过世界最高的地方
喜马拉雅　喜马拉雅

你是谁
饥饿
怀孕
把无尽的
滚过天空的头颅
放回天空

我从大海来到落日的中央
飞遍了天空找不到一块落脚之地
今日有粮食却没有饥饿
今天的粮食飞遍了天空

找不到一只饥饿的腹部
饥饿用粮食喂养
更加饥饿，奄奄一息
草原上的天空不可阻挡

嘴唇和我抱住河水
头颅和他的姐妹
在大河底部通向海洋
割下头颅的身子仍在世上
最高的一座山
仍在向上生长

我感到魅惑

天上的音乐不会是手指所动
手指本是四肢安排的花豆
我的身子是一份甜蜜的田亩

我感到魅惑
我就想在这条魅惑之河上渡过我自己
我的身子上还有拔不出的春天的钉子

我感到魅惑
美丽女儿，一流到底
水儿仍旧从高向低

坐在三条白蛇编成的篮子里
我有三次渡过这条河
我感到流水滑过我的四肢
一只美丽鱼婆做成我缄默的嘴唇

我看见，风中飘过的女人
在水中产下卵来
一片霞光中露出来的长长的卵

我感到魅惑
满脸草绿的牛儿
倒在我那牧场的门厅

我感到魅惑
有一种蜂箱正沿河送来
蜂箱在睡梦中张开许多鼻孔

有一只美丽的鸟面对树枝而坐
我感到魅惑

我感到魅惑
小人儿，既然我们相爱
我们为什么还在河畔拔柳哭泣

1986.9

大自然

让我来告诉你
她是一位美丽结实的女子
蓝色小鱼是她的水罐
也是她脱下的服装
她会用肉体爱你
在民歌中久久地爱你

你上上下下瞧着
你有时摸到了她的身子
你坐在圆木头上亲她
每一片木叶都是她的嘴唇
但你看不见她
你仍然看不见她

她仍在远处爱着你

叙事诗

——一个民间故事

有一个人深夜来投宿
这个旅店死气沉沉
形状十分吓人
远离了闹市中心

这里是唯一的声音
是教堂的钟声
还有流经城市的河流
河流流水汩汩

河水的声音时而喧哗
时而寂静，听得见水上人家的声音
那是一个穷苦的渔民家庭
每日捕些半死的鱼虾，艰难度日

这人来到旅店门前
拉了一下旅店的门铃
但门铃是坏的
没有发出声音，一片寂静

这时他放下了背上的东西

高声叫喊了三声
店里走出店主人
一身黑衣服活像一个幽灵

这幽灵手持烛火
话也说不太清
他说："客人，你要住宿
我这里可好久没有住人"

客人说："为什么
这里好久没有住人"
主人说："也许是太偏僻
况且这里还不太平"

"没关系"，那人血气方刚
嗓门宏亮，一听就是个年轻人
说："主人，快烧水做饭
今夜我要早早安顿"

店主人眨着双眼
把客人引入门厅

房子又黑又破
听得见大河的涛声

河面上吹来的风
吹熄了主人手上的蜡烛
他走进里面
把客人留在黑暗中

伸手不见五指
客人等了又等
还是不见主人
他高声叫喊："主人！主人！"

没人答应
他摸黑走向里屋
一路跌跌撞撞
这屋里乱七八糟，黑咕隆咚

屋子里发出声音
他在窗台上摸到一盏灯
举起来晃了晃，灯里没有油

他又将灯放回原处

他推开窗户
河水的气味迎面而来
他稍微停顿一下
站在那里发愣

他还是心神不宁
借河面上渔船的灯光点点
微光反入这黑屋子
看清了这个房间的大致

屋子里只有一张床
什么也没有
那么他刚刚跌跌撞撞
弄碎和弄响的究竟是些什么东西

是不是鬼怪和幻影？
他的心开始有些发毛
刚刚平息下来的心跳
又似一面绷紧的鼓手狠狠锤击的鼓

他在床上坐下
恐怖的故事涌入头脑
他连衣服都没脱
就钻进了那潮湿的被窝

行李扑通一声
跌在地上
在寂静中
这声音显得格外的响

他怎么也睡不着
到半夜，河水声小了
没有一点声音
他更加睡不着觉

翻来覆去，全都是
使他内心恐惧
的幻影和声响
这时一个尖厉的儿童声响起

在深夜，这儿童的声音

多像是孤独的墓穴中
一片凄惨的鸟鸣
他听清了，这儿童在喊

"舅舅，舅舅，放我进来"
"舅舅，舅舅，放我进来"
"开门，舅舅"
"开门，开门"

同时有声音捶打着这个房门
这客人连忙起身
下床开门
门外没有一个人影

他又重新躺下
更加不能入眠
这时童声重新响起：
"舅舅，舅舅，开门"

一声比一声凄厉
这个陌生人

一身冷汗
把头也钻到被窝里

但是声音更响
仿佛刀刺在他耳朵上
仿佛这儿童
就在他耳朵里尖叫

他猛地拉开门
但是没有人
他怀疑自己的耳朵
只好把门关上

叫声又响起
还是和刚才一样
他起来，抖嗦着
再重新打量房间

他看见河面上的灯火少了
那微光更弱
但能辨清轮廓

他看清这屋里只有一张床

他的心抽紧了一下
会不会床底下有什么
他伸手向床下摸去
并没有什么

可这时声音又响起
更加激烈，他把手
向回抽时，感到
床底下有人

他的血液凝固
心脏几乎停止了跳动
于是他摸向那儿
原来那床板底下绑着一个人

他吓得没有声音
把手抖嗦着收回
摸出刀子，割断了
那捆绑的绳索

他把那人拖出来
放到房间中央
发现那人口袋里有一只蜡烛
还有一根火柴

他点亮这短短一寸的蜡烛
火烛下看清那人是店主人
已经死了，看样子
已经死了好几天

这死尸躺在他的房间里
这死了好几天的死尸
刚才还引他进门
又被绑在他的身下

这个陌生人额头冒出冷汗
全身都被浸湿
他马上就要昏过去
这时蜡烛也已熄灭

1989.1.17

太平洋的献诗

太平洋　丰收之后的荒凉的海
太平洋　在劳动后的休息
劳动以前　劳动之中　劳动以后
太平洋是所有的劳动和休息

茫茫太平洋　又混沌又晴朗
海水茫茫　和劳动打成一片
和世界打成一片
世界头枕太平洋
人类头枕太平洋　雨暴风狂
上帝在太平洋上度过的时光　是茫茫海水隐含不露的希望

太平洋没有父母　在太阳下茫茫流淌　闪着光芒
太平洋像是上帝老人看穿一切、眼角含泪的眼睛

眼泪的女儿，我的爱人
今天的太平洋不是往日的海洋
今天的太平洋只为我流淌　为着我闪闪发亮
我的太阳高悬上空　照耀这广阔太平洋

1989.2.2

生不

带来
／死不带去

／

唯黄昏华美而无上

秋日黄昏

火焰的顶端
落日的脚下
茫茫黄昏　华美而无上
在秋天的悲哀中成熟

日落大地　大火熊熊　烧红地平线滚滚而来
使人壮烈　使人光荣与寿同在　分割黄昏的灯
百姓一万倍痛感黑夜来临
在心上滚动万寿无疆的言语

时间的尘土　抱着我
在火红的山冈上跳跃
没有谁来应允我
万寿无疆或早夭襁褓

相反的是　这个黄昏无限痛苦
无限漫长　令人痛不欲生
切开血管
落日殷红

愿有情人终成眷属

愿爱情保持一生

或者相反　极为短暂　匆匆熄灭

愿我从此再不提起

再不提起过去

痛苦与幸福

生不带来　死不带去

唯黄昏华美而无上。

1987.9.3 草稿
1987.10.4 改

敦煌

敦煌石窟像马肚子下
挂着一只只木桶
乳汁的声音滴破耳朵——
像远方草原上撕破耳朵的人
来到这最后的山谷
他撕破的耳朵上
悬挂着花朵

敦煌是千年以前
起了大火的森林
在陌生的山谷
是最后的桑林——我交换
食盐和粮食的地方
我筑下岩洞，在死亡之前，画上你
最后一个美男子的形象
为了一只母松鼠
为了一只母蜜蜂
为了让她们在春天再次怀孕

1986

耶稣（圣之羔羊）

从罗马回到山中
铜嘴唇变成肉嘴唇
在我的身上　青铜的嘴唇飞走
在我的身上　羊羔的嘴唇苏醒

从城市回到山中
回到山中羊群旁
的悲伤
像坐满了的一地羊群

1987.12.28 夜

坛子

这就是我张开手指所要叙说的故事
那洞窟不会在今夜关闭。明天夜晚也不会关闭
额头披满钟声的
土地
一只坛子

我头一次也是最后一次进入这坛子
因为我知道只有一次
脖颈围着野兽的线条
水流拥抱的
坛子
长出朴实的肉体

这就是我所要叙说的事
我对你这黑色盛水的身体并非没有话说
敬意由此开始，接触由此开始
这一只坛子，我的土地之上
从野兽演变而出的
秘密的脚，在我自己尝试的锁链之中

正好我把嘴唇埋在坛子里，河流
糊住四壁，一棵又一棵
栗树像伤疤在周围隐隐出现
而女人似的故乡，双双从水底浮上，询问生育之事

浑曲

妹呀

竹子胎中的儿子
木头胎中的儿子
就是你满头秀发的新郎

妹呀

晴天的儿子
雨天的儿子
就是滚遍你身体的新娘

妹呀

吐出香鱼的嘴唇
航海人花园一样的嘴唇
就是咬住你的嘴唇

但丁来到此时此地

自杀者各自逃离树枝
但丁来到此时此地
自杀者各自逃离树枝

罪人在地狱
像荒山上嵌住的闪闪发光的钻石

感情只是陪伴我的小灯
时明时灭的地狱之门

树桠裂开，浅水灌耳
在香气的平原上
贝亚德丽丝
你站在另一头，低声唱歌

我的鳞片剥落
魂入肉体
巨大的灵找自由的河流
一些白色而善良
的草秸

里面埋葬野兽经常的抖动
贝亚德丽丝
的指引
卧室或劳动的市民的圣母

美丽阳光

灯诗

灯，从门窗向外生活
灯啊是我内心的春天向外生活
黑暗的蜜之女王
向外生活，"有这样一只美丽的手向外生活"

火种蔓延的灯啊
是我内心的春天一人放火
没有火光，没有火光烧坏家乡的门窗
春天也向外生长
度过炎炎大火的一颗火
却被秋天遍地丢弃
让白雪走在酒上享受生活

你是灯
是我胸脯上的黑夜之蜜
灯，怀抱着黑夜之心
烧坏我从前的生活和诗歌

灯，一手放火，一手享受生活
茫茫长夜从四方围拢
如一场黑色的大火

春天也向外生长

还给我自由，还给我黑暗的蜜、空虚的蜜

孤独一人的蜜

我宁愿在明媚的春光中默默死去

"有这样一只美丽的手在酒上生活"

要让白雪走在酒上享受生活

1987（？）

土地·忧郁·死亡

黄昏，我流着血污的脉管不能使大羊生殖。
黎明，我仿佛从子宫中升起，如剥皮的句子摆上早餐。
夜晚，我从星辰上坠落，使墓地的群马阉割或受孕。
白天，我在河上漂浮的棺材竟拼凑成目前的桥梁或婚娶之船。

我的白骨累累是水面上人类残剩的屋顶。
燕子和猴子坐在我荒野的肚子上饮食男女。
我的心脏中楚国王廷面对北方难民默默无语。
全世界人民如今在战争之前粮草齐备。

最后的晚餐那食物径直通过了我们的少女
她们的伤口　她们颅骨中的缝
最后的晚餐端到我们的面前
一道筵席，受孕于人群：我们自己。

1987.8

马、火、灰——鼎

有了安慰，马飞来了，甚至有了盐，有了死亡

有了安慰，有了爪子，有了牙，甚至有了故乡，不缺乏春天
仍然缺少一具多么坚强的骷髅牢牢锁住我　多么牢固
我的舞蹈举起一片消费人血的灯
和耗尽什么的头颅　麦芒在煮光了自己之后
只剩下空秆之火　不尽诉说

有了安慰，有了马、火、灰、鼎，甚至有了夜晚
仍然缺少鬼魂，死过一次的缺少再次死亡
两姐妹只死了一个，天空却需要她们全部死亡
最好是无人收拾雪白的骨殖　任荒山更加荒芜下去
只剩下一片沙漠　和　戈壁

有了安慰，而我们是多么缺少绝望
我所在的地方滴水不存，寸草不生，没有任何生长

坐在纸箱上想起疯了的朋友们

旧菊花安全
旧枣花安全
扪摸过的一切
都很安全

地震时天空很安全
伴侣很安全
喝醉酒时酒杯很安全
心很安全

1986.2

跳伞塔

我在一个北方的寂寞的上午
一个北方的上午
思念着一个人

我是一些诗歌草稿
你是一首诗

我想抱着满山火红的杜鹃花
走入静静的跳伞塔

我清楚地意识到
前面就是一条大河
和一个广大的北方平原

美丽总是使我沉醉

已经有人
开始照耀我
在那偏僻拥挤的小月台上
你像星星照耀我的路程

在这座山上
为什么我只看见这么一棵
美丽的杜鹃？

我只看见这么一棵
果然火红而美丽

我在这个夜晚
我住在山腰
房子里
我的面前充满了泉水
或溪涧之水的声音

静静的跳伞塔
心醉的屋子　你打开门
让我永远在这幸福的门中

北方　那片起伏的山峰
远远的
只有九棵树

1988.4.23

歌或哭

我把包袱埋在果树下
我是在马厩里歌唱
是在歌唱

木床上病中的亲属
我只为你歌唱
你坐在拖鞋上
像一只白羊默念拖着尾巴的
另一只白羊
你说你孤独
就像很久以前
长星照耀十三个州府
的那种孤独
你在夜里哭着
像一只木头一样哭着
像花色的土散着香气

献给太平洋

我的婚礼染红太平洋
我的新娘是太平洋
连亚洲也是我悲伤而平静的新娘
你自己的血染红你内部孤独的天空

上帝悲伤的新娘，你自己的血染红
天空，你内部孤独的海洋
你美丽的头发
像太平洋的黄昏

1989.2

妻子和鱼

我怀抱妻子
就像水儿抱鱼
我一边伸出手去
试着摸到小雨水，并且嘴唇开花

而鱼是哑女人
睡在河水下面
常常在做梦中
独自一人死去

我看不见的水
痛苦新鲜的水
流过手掌和鱼
流入我的嘴唇

水将合拢
爱我的妻子
小雨后失踪
水将合拢

没有人明白她水上
是妻子水下是鱼
或者水上是鱼
水下是妻子

离开妻子我
自己是一只
装满淡水的口袋
在陆地上行走

四姐妹

荒凉的山冈上站着四姐妹
所有的风只向她们吹
所有的日子都为她们破碎

空气中的一棵麦子
高举到我的头顶
我身在这荒芜的山冈
怀念我空空的房间，落满灰尘

我爱过的这糊涂的四姐妹啊
光芒四射的四姐妹
夜里我头枕卷册和神州
想起蓝色远方的四姐妹
我爱过的这糊涂的四姐妹啊
像爱着我亲手写下的四首诗
我的美丽的结伴而行的四姐妹
比命运女神还要多出一个
赶着美丽苍白的奶牛　走向月亮形的山峰

到了二月，你是从哪里来的
天上滚过春天的雷，你是从哪里来的

不和陌生人一起来

不和运货马车一起来

不和鸟群一起来

四姐妹抱着这一棵

一棵空气中的麦子

抱着昨天的大雪，今天的雨水

明日的粮食与灰烬

这是绝望的麦子

请告诉四姐妹：这是绝望的麦子

永远是这样

风后面是风

天空上面是天空

道路前面还是道路

1989.2.23

春天

/ 十个海子
全部复活

面朝大海，春暖花开

从明天起，做一个幸福的人
喂马，劈柴，周游世界
从明天起，关心粮食和蔬菜
我有一所房子，面朝大海，春暖花开

从明天起，和每一个亲人通信
告诉他们我的幸福
那幸福的闪电告诉我的
我将告诉每一个人

给每一条河每一座山取一个温暖的名字
陌生人，我也为你祝福
愿你有一个灿烂的前程
愿你有情人终成眷属
愿你在尘世获得幸福
我只愿面朝大海，春暖花开

1989.1.13

死亡之诗（之一）

漆黑的夜里有一种笑声笑断我坟墓的木板
你可知道，这是一片埋葬老虎的土地

正当水面上渡过一只火红的老虎
你的笑声使河流漂浮
的老虎
断了两根骨头
正在这条河流开始在存有笑声的黑夜里结冰
断腿的老虎顺河而下，来到我的
窗前

一块埋葬老虎的木板
被一种笑声笑断两截

水抱屈原

举着火把、捕捉落入
水的人

水抱屈原：如夜打门的火把倒向怀中
水中之墓呼唤鱼群

我要离开一只平静的水罐
骄傲者的水罐——
宝剑埋在牛车的下边

水抱屈原：一双眼睛如火光照亮
水面上千年羊群
我在这时听见了世界上美丽如画

水抱屈原是我
如此尸骨难收

不幸（组诗）

——给荷尔德林

1. 病中的酒

拾起了一张病床
我的荷尔德林　他就躺在这张床上
马　疯狂地奔驰一阵
横穿整个法兰西

成为纯洁诗人、疾病诗人的象征
不幸的诗人啊
人们把你像系马一样
系在木匠家一张病床上

我不知道
在八月逝去的黄昏
二哥索福克勒斯
是否用悲剧减轻了你的苦痛

当那些姐妹和长老
举起了不幸的羊毛
燃烧的羊毛
像白雪一样地燃烧

他说——不要着急，焦躁的诸神
等一首故乡的颂歌唱完
我就会钻进你们那
黑暗和迟钝的羊角

丰足的羊角　呜呜作响的羊角
王冠和疯狂的羊角：我躺下
——"一万年太久"
只有此羊角　诗歌黑暗　诗人盲目

2. 怀念（或没有收获）

等你手拿钝镰刀
割下白雪和羊毛
不幸的荷尔德林已经发疯

修道院总管的儿子
银行家夫人的情人
不幸的荷尔德林已经发疯

等你建好医院

安放好一张又一张病床

荷尔德林就躺在第一张床上

经历没有收获的日子

那是幸福的

——"收获即苦难。"

只好怀念大雁——

那哭泣和笑容的篮子

当你追随我

来到人类的生活

只好怀念大雁——

那被黄昏染红的肉体的新娘。

3. 牧羊人的舞蹈——对称

　　——黑暗沉寂之国

（有题无诗）

4. 血以后是黑暗——比血更红的是黑暗

荷尔德林——告诉我那黑暗是什么
他又怎样把你淹没
把你拥进他的怀抱
像大河淹没了一匹骏马

存在着　嘶叫着　和黑暗之桶的主人啊
你——现在又怎样在深渊上飞翔——阴郁地起舞
　——将我抛弃
并将我嘲笑——荷尔德林
你可是也已成为黑暗的大神的一部分
故乡
……我们仍抱着这光中飞散的桶的碎片营造土地和村庄
他们终究要被黑暗淹没
告诉我，荷尔德林——我的诗歌为谁而写

掘地深藏的地洞中毒药般诗歌和粮食
房屋和果树——这些碎片——在黑暗中又会呈现怎样的景象，
　荷尔德林？
延续六年的阴郁的旅行之路啊
兄弟们是否理解？狄奥提马是否同情——她虽已早死？

哪一位神曾经用手牵引你度过这光明和黑暗交织的道路？
你在那些渡口又遇见什么样的老母和木匠的亲人？
他们是幻象？还是真理？
是美丽还是谎言？是阴郁还是狂喜？

还是这两者的合一：统治。
血以后还是黑暗——比血更红的是黑暗
我永久永久怀念着你
不幸的兄弟　荷尔德林！

5. 致命运女神

怀抱心上人摔坏的一盏旧灯
怀抱悬崖上幸福的花草纵身而下

红色的大雁
隔河相望美丽村镇

致命运女神的几行诗句
痛苦在山上但说无妨

红色的大雁
在南风中微微吹动

少女食羊　羊食少年死后长出的青青草秆
一团白云卷走了你

随风来去的羊
——命运女神！

1987.11.7 夜录

晨雨时光

小马在草坡上一跳一跳
这青色麦地晚风吹拂
在这个时刻　我没有想到
五盏灯竟会同时亮起

青麦地像马的仪态　随风吹拂
五盏灯竟会一盏一盏地熄灭

往后　雨会下到深夜　下到清晨
天色微明
山梁上定会空无一人

不能携上路程
当众人齐集河畔　空声歌唱生活
我定会孤独返回空无一人的山峦

1987.5.24

献诗

——给 S

谁在美丽的早晨
谁在这一首诗中

谁在美丽的火中　飞行
并对我有无限的赠予

谁在炊烟散尽的村庄
谁在晴朗的高空

天上的白云
是谁的伴侣

谁身体黑如夜晚　两翼雪白
在思念　在鸣叫

谁在美丽的早晨
谁在这一首诗中

1987.2.11

十四行：王冠

我所热爱的少女
河流的少女
头发变成了树叶
两臂变成了树干

你既然不能做我的妻子
你一定要成为我的王冠
我将和人间的伟大诗人一同佩戴
用你美丽叶子缠绕我的竖琴和箭袋

秋天的屋顶　时间的重量
秋天又苦又香
使石头开花　像一顶王冠

秋天的屋顶又苦又香
空中弥漫着一顶王冠
被劈开的月桂和扁桃的苦香

1987.8.19 夜

十四行：夜晚的月亮

推开树林
太阳把血
放入灯盏

我静静坐在
人的村庄
人居住的地方

一切都和本原一样
一切都存入
人的世世代代的脸
一切不幸

我仿佛
一口祖先们
向后代挖掘的井。
一切不幸都源于我幽深而神秘的水

1985.6.19

十四行：玫瑰花园

明亮的夜晚
我来到玫瑰花园
脱下诗歌的王冠
和沉重的土地的盔甲

玫瑰花园　玫瑰花园
我们住在绝色美人的身旁　仿佛住在月亮上
我们谈论佛光中显出的美丽身影
和雪水浇灌下你的美丽的家园

我们谈到但丁　和他的永恒的贝亚德丽丝
以及天国、通往那儿永恒的天路历程
四川，我诗歌中的玫瑰花园
那儿诞生了你——像一颗早晨的星那样美丽

明亮的夜晚　多么美丽而明亮
仿佛我们要彻夜谈论玫瑰直到美丽的晨星升起。

1987.8.26

单翅鸟

单翅鸟为什么要飞呢
为什么
头朝着天地①
躺着许多束朴素的光线

菩提，菩提想起
石头
那么多被天空磨平的面孔
都很陌生
堆积着世界的一半
摸摸周围
你就会拣起一块
砸碎另一块

单翅鸟为什么要飞呢
我为什么
喝下自己的影子
揪着头发作为翅膀
离开

① 原文如此。——编者注

也不知天黑了没有
穿过自己的手掌比穿过别人的墙壁还难
单翅鸟
为什么要飞呢

肥胖的花朵
喷出水
我眯着眼睛离开
居住了很久的心和世界

你们都不醒来
我为什么
为什么要飞呢

1984.9

生日颂（或生日祝酒词）

——给理波并同代的朋友[①]

在生日里我们要歌唱母亲
她们把我们领到这个不幸的人世
在这个世界上　只有她们　无限地热爱着我们
因为我们是她的一部分

在这个夜晚　我们必须回到生日
回到我们的诞生之日
甚至回到母亲的腹中
回到母亲的怀孕　和她平静的爱情

我会想到你——我的母亲
在一个冬天　怎样羞涩而温情地
向父亲暗示　你怀了孕
一个生命在腹中悸动

秋风四起时　你生下了我
秋天是一些美好的日子　黄金的日子
当白云徐徐伸展在天际　秋风阵阵　万木归一

[①]　本诗为海子写给友人孙理波的生日颂诗。承
安庆师院的金松林先生提供手稿影印资料，
谨致谢意。——编者注

秋天的灵魂吹动着人类的村庄和城镇
总有一些美好的婴儿诞生
那婴儿中就有我　先是牙牙学语
然后学习加减乘除　一次次艰难地造句
学习体育和艺术　终于卷入人生　卷入人生的痛苦

痛苦并非是人类的不幸
痛苦是全人类与生俱来的财富
痛苦产生了人类的老师　伟大的先知　产生了思想和艺术
朋友们，我的祝酒词是
愿你们一生　坎坷痛苦
不愿你们一帆风顺

朋友们　如果我们一帆风顺
我们不会在这里相聚
我们不会在这张堆满果实的酒桌上相遇
是痛苦携带着我们　来到这个夜晚　充满生日的气氛
在这张堆满果实的桌子上
我就是其中的一只果实　坐在其他果实中间

我就是其中的一只果实　在秋天　我说：我要变成酒精
我要变成使人沉醉的酒精
我要变成陪伴我们一生的痛苦的酒精

痛苦也是酒精
我们全都沉浸其中
只是分给每个人的酒杯不同

伟大的人　装满痛苦的酒杯更大　他们开怀畅饮
开怀畅饮　痛苦的酒　使人沉醉一生的酒
为了我们生病的柔弱的操劳一生的母亲
为了那些爱过我们或被我们爱着的女性
为了生日　为了生日之后我们开始置身人世
享受真实的人生和痛苦　朋友们　举起我们的杯子

在这个生日
在这个美好的日子
在我们痛苦减轻之时
我们还要歌颂那些给我们创伤和回忆的女人
我们在酒醉时敲着酒盅　高声嚷着
女人啊　你的名字像一根白色的绷带　曾经缠绕在我的额头

总有一阵秋风把绷带吹落
像吹下一片树叶　有没有伤疤　我都会将你宽恕

在我们的额头上或心上　有没有伤疤
我都会将你宽恕
因为你是比我更为软弱的女人
是的　我爱过你　恨过你
一切都已过去　最终在一阵秋风里将你宽恕
然后像讲述梦境　我会向知心朋友细细讲述

也许有一天我已完全将你忘却
会再在一条陌生的道路上与你相逢
我会平静地迎上前去
如果你牵着你的孩子　我会再次爱上你
但这决不是因为以前的爱情
而是因为你成了母亲
母亲是一个伟大的名字
母亲是我诗歌中唯一的主人

在这个生日的气氛里
我还要以生日的名义

祝福另外一位朋友　祝福你
眼看就要成为幸福的父亲
年轻的父亲
你的担子更重
另一个小生命通过生日把他的双手交给你
无论是儿是女　做父亲总是人类最大的幸福

至于我　早就想成为父亲
虽然我没有妻子
要说有　五六年前就已经结婚
我的妻子就是中国的诗歌　汉语的诗歌
我要成为一首中国最伟大诗歌的父亲
像荷马是希腊的父亲　但丁是意大利之父　歌德是德意志的
　父亲
我早就想成为父亲　我一定能成为父亲
成为父亲总是人类最大的幸福

诗人总爱预言
那就让我在这个生日再讲一讲另一个生日
我们的祖国母亲土地母亲她生下了一位英雄。
那英雄之子是在日出时刻降生

在东方大地上拔地而起

他身上集中了我们所有优秀的品质　生命和灵魂

他的生日就是我们真正的生日　唯一的生日

在他降生之日　如果我们已经死去

我们就能和他一起再次出生

他的生日是我们的再生之日

他的生日是我们所有人生日中的生日

酒中之酒，痛苦中的痛苦

为了生日，干杯！

生日给了一切痛苦以最好的补偿

朋友们　从这个夜晚我们各自出发

我们升帆出发　随手携带火种、泉水与稻谷

从这张生日堆满果实的桌子上我们出发

任凭命运的风儿把我们吹向四面八方

不知何日再能相聚一堂

不知命运之船漂向何方

但母亲在生日赐予我的生命

我总要在我的诗歌中歌唱和珍惜

即使我们一生不幸
这生日也是我们最好的补偿
是对我们最好的报答　即使我们一生不幸
这生命本身的诞生永远值得我们歌唱

在我们自己的生日里我还要歌唱我们的土地
我愿所有的朋友都要把她珍惜
土地的不幸是我们全体的不幸
我们生在其中　长在其中　最终魂归其中
是土地　苦难而丰盛的土地
把每一个日子变成我们大家不同的生日
我们每一个土地的孩子
都领到一只生命的酒杯

朋友们　我已有预感　我还要再说一遍
土地的不幸是我们全体的不幸
土地她如今正骚动不安　我的祖国她恶心又呕吐
是不是她已经怀孕？
是不是我们的共同的母亲已经怀孕？
她需要多少时间才能生产？
生下的是男是女　是侏儒还是巨人
是一个什么样的人？

这是一个秋天的夜晚　灯火明亮
我们这些年轻的生命坐在一张酒桌旁
我们今日相聚一堂　明日分手四方
唯有痛苦留在这漫长的道路上

唯有痛苦　使我们相互尊敬和赞叹
使我们保持伟大的友谊
唯有痛苦是我们永恒的财富

89.9.17 急就
9.20 录

打钟

打钟的声音里皇帝在恋爱
一支火焰里
皇帝在恋爱

恋爱，印满了红铜兵器的
神秘山谷
又有大鸟扑钟
三丈三尺翅膀
三丈三尺火焰

打钟的声音里皇帝在恋爱
打钟的黄脸汉子
吐了一口鲜血
打钟，打钟
一只神秘生物
头举黄金王冠
走于大野中央

"我是你爱人
　　我是你敌人的女儿
　　我是义军的女首领
　　对着铜镜
　　反复梦见火焰"

　　钟声就是这支火焰
　　在众人的包围中
　　苦心的皇帝在恋爱

　　1985.5

海上婚礼

海湾
蓝色的手掌
睡满了沉船和岛屿
一对对桅杆
在风上相爱
或者分开

风吹起你的
头发
一张棕色的小网
撒满我的面颊
我一生也不想挣脱

或者如传说那样
我们就是最早的
两个人
住在遥远的阿拉伯山崖后面
苹果园里
蛇和阳光同时落入美丽的小河
你来了
一只绿色的月亮
掉进我年轻的船舱

麦地

吃麦子长大的
在月亮下端着大碗
碗内的月亮
和麦子
一直没有声响

和你俩不一样
在歌颂麦地时
我要歌颂月亮

月亮下
连夜种麦的父亲
身上像流动金子

月亮下
有十二只鸟
飞过麦田
有的衔起一颗麦粒
有的则迎风起舞,矢口否认

看麦子时我睡在地里
月亮照我如照一口井
家乡的风
家乡的云
收聚翅膀
睡在我的双肩

麦浪——
天堂的桌子
摆在田野上
一块麦地

收割季节
麦浪和月光
洗着快镰刀

月亮知道我
有时比泥土还要累
而羞涩的情人
眼前晃动着
麦秸

我们是麦地的心上人
收麦这天我和仇人
握手言和
我们一起干完活
合上眼睛，命中注定的一切
此刻我们心满意足地接受

妻子们兴奋地
不停用白围裙
擦手

这时正当月光普照大地。
我们各自领着
尼罗河、巴比伦或黄河
的孩子　在河流两岸
在群蜂飞舞的岛屿或平原
洗了手
准备吃饭

就让我这样把你们包括进来吧
让我这样说

月亮并不忧伤

月亮下

一共有两个人

穷人和富人

纽约和耶路撒冷

还有我

我们三个人

一同梦到了城市外面的麦地

白杨树围住的

健康的麦地

健康的麦子

养我性命的妻子！

1985.6

春天，十个海子

春天，十个海子全部复活
在光明的景色中
嘲笑这一个野蛮而悲伤的海子
你这么长久地沉睡究竟为了什么？

春天，十个海子低低地怒吼
围着你和我跳舞，唱歌
扯乱你的黑头发，骑上你飞奔而去，尘土飞扬
你被劈开的疼痛在大地弥漫

在春天，野蛮而悲伤的海子
就剩下这一个，最后一个
这是一个黑夜的孩子，沉浸于冬天，倾心死亡
不能自拔，热爱着空虚而寒冷的乡村

那里的谷物高高堆起，遮住了窗户
他们把一半用于一家六口人的嘴，吃和胃
一半用于农业，他们自己的繁殖
大风从东刮到西，从北刮到南，无视黑夜和黎明
你所说的曙光究竟是什么意思

1989.3.14凌晨3点-4点

特别收录

神秘故事六篇

龟王

　　从前，在东边的平原深处，住着一位很老很老的石匠。石匠是在自己年轻的时候从一条幽深的山谷里走到这块平原上来的。他来了。他来的那一年战争刚结束。那时他就艺高胆大，为平原上一些著名的宫殿和陵园凿制各色动物。他的名声传遍了整个大平原。很多人都想把闺女嫁给他，但他一个也没娶，只把钱散给众人，孤独地过着清苦的生活。只是谁也不知道他在暗地里琢磨着一件由来已久的念头。这念头牵涉到天、地、人、神和动物。这念头从动物开始，也到动物结束。为此，他到处找寻石头。平原上石头本来不多，只是河滩那儿有一些鹅卵石，而这又不是他所需要的。因此他把那件事儿一直放在心里，从来没向任何一个人提起。他的脾气变得越来越古怪。他的动物作品无论是飞翔的、走动的，还是浮游的，都带着在地层上艰难爬行的姿势与神态，带着一种知天命而又奋力抗争的气氛。他的动物作品越来越线条矛盾、骨骼拥挤，带着一股要从体内冲出的逼人腥气。这些奇形怪状的棱角似乎要领着这些石头动物弃人间而去。石匠本人越来越瘦，只剩下一把筋骨。那整个夏天他就一把蒲扇遮面，孤独地，死气沉沉地守着这堆无人问津的石头动物，一动也不动，像是已经在阳光下僵化了。似乎他也要挤身①于这堆石头动物之间。后来的那个季节里，他坐在门前的两棵枫树下，凝神注视树叶间鸟巢和那些来去匆忙、喂养子息的鸟儿。他的双手似乎触摸到了那些高空中翔舞的生灵。但这似乎还不够。于是在后来迟到的冰封时光里，他守着那条河道，在萧瑟的北风中久久伫立。他的眼窝深陷。他的额头像悬崖一样充满暗示，并且饱满自足地面向深谷。他感到河流就像一条很细很长、又明亮又寒冷、带着阳光气味和鳞甲的一条蛇从手心上游过。他的手似乎穿过这些鳞甲在河道下——抚摸那些人们无法看到的洞穴。泥层和鱼群激烈地繁殖。但这似乎也还不够。于是他在接着而来的春天里，完全放弃了石匠手艺，跟一位农夫去耕田。他笨拙而诚心诚意地紧跟在那条黄色耕牛后面，扶着犁。他的鞭子高举，他的双眼眯起，想起了他这一生痛楚而短促的时光。后来他把那些种子撒出。他似乎听到了种子姐妹们吃吃窃笑的声音。他的衣服破烂地迎风招展。然后他在那田垄里用沾着牛粪和泥巴的巴掌贴着额头睡去。第二天清早，他一跃而起，像一位青年人那样利落。他向那位农夫告别，话语变得清爽、结实。他在大地上行走如风。也许他正感到胸中有五匹烈马同时奔踏跃进。他一口气跑回家中，关上了院门，关上了大门和二门，

① 原文如此。似应为"跻身"。——编者注

关上了窗户。从此这个平原上石匠销声匿迹。那幢石匠居住的房屋就像一个死宅。一些从前他教过的徒弟，从院墙外往里扔进大豆、麦子和咸猪肉。屋子里有水井，足以养活他。就这样，整整过去了五个年头。

五年后，这里发了一场洪水。就在山洪向这块平原涌来的那天夜里，人们听到了无数只乌龟划水和爬动的声音，似乎在制止这场洪水。它们相互传递着人类听不懂的语言，呼喊着向它们的王奔去。第二天早上洪水退了。这些村子安然无恙。当人们关心地推开老石匠的院门及大门二门进入他的卧室时，发现他已疲惫地死在床上，地上还有一只和床差不多大的半人半龟的石头形体。猛一看，它很像一只龟王，但走近一看，又非常像人体，是一位裸体的男子。沾着泥水、满是伤痕的脚和手摊开，像是刚与洪水搏斗完毕，平静地卧在那儿。它完全已进化为人了，或者比人更高大些，只不过，它没有肚脐。这不是老石匠的疏忽。它本来不是母体所出。它是从荒野和洪水中爬着来的，它是还要回去的。

第二年大旱。人们摆上香案。十几条汉子把这块石龟王抬到干涸的河道中间，挖了一个大坑，埋下了它。一注清泉涌出。雨云相合。以后这块平原再也没有发生过旱灾和水灾。人们平安地过着日子。石匠和龟王被忘记了。也许我是世界上最大的一个傻瓜，居然提起这件大家都已忘记的年代久远的事来。

1985.5.23 夜深

木船

人们都说，他是从一条木船上被抱下来的。那是日落时分，太阳将河水染得血红，上游驶来一只木船。这个村子的人们都吃惊地睁大眼睛，因为这条河上已经很久很久没有船只航行了。在这个村子的上游和下游都各有一道凶险的夹峡，人称"鬼门老大"和"鬼门老二"。在传说的英雄时代过去以后，就再也没有人在这条河上航行过了。这条河不知坏了多少条性命，村子里的人听够了妇人们沿河哭嚎的声音。可今天，这条船是怎么回事呢？大家心里非常纳闷。这条木船带着一股奇香在村子旁靠了岸。它的形状是那么奇怪，上面洞开着许多窗户。几个好事者跳上船去，抱下一位两三岁的男孩来。那船很快又顺河漂走了，消失在水天交接处。几个好事者只说船上没人。对船上别的一切他们都沉默不语。也许他们是见到什么了。一束光？一个影子？或者一堆神坛前的火？他们只是沉默地四散开。更奇的是，这几位好事者不久以后都出远门去了，再也没有回到这方故乡的土地上来。因此那条木船一直是个谜。（也许，投向他身上的无数束目光已经表明，村里的人们把解开木船之谜的希望寄托在这位与木船有伙伴关系或者血缘关系的男孩身上。）他的养母非常善良、慈爱，他家里非常穷。他从小就酷爱画画。没有笔墨，他就用小土块在地上和墙壁上画。他的画很少有人能看懂。只有一位跛子木匠、一位女占星家和一位异常美丽的、永远长不大的哑女孩能理解他。那会儿他正处于试笔阶段。他的画很类似于一种秘密文字，能够连续地表达不同的人间故事和物体。鱼儿在他这时的画中反复出现，甚至他梦见自己也是一只非常古老的鱼，头枕着陆地。村子里的人们都对这件事感到一种莫名的恐惧，认定这些线条简约形体痛苦的画与自己的贫穷和极力忘却的过去有关系。于是他们就通过他慈爱的养母劝他今后不要再画了，要画也就去画些大家感到舒服安全的胖娃娃以及莺飞草长小桥流水什么的。但他的手总不能够停止这种活动，那些画像水一样从他的手指上流出来，遍地皆是，打湿了别人也打湿他自己。后来人们就随时随地地践踏他的画。不知从什么时候开始，他干脆不用土块了。他坐在那条载他而来的河边，把手指插进水里，画着，这远远看去有些远古仪式的味道，也就没有人再管他了。那些画儿只是在他的心里才存在，永远被层层波浪掩盖着。他的手指唤醒它们，但它们马上又在水中消失。就这样过去了许多岁月，他长成了一条结实的汉子。他的养父死去了，他家更加贫穷。他只得放弃他所酷爱的水与画，去干别的营生。他做过箍桶匠、漆匠、铁匠、锡匠；他学过木工活、裁剪；他表演过杂技、驯过兽；他参加过马帮、当过土匪、经历了大大小小的许多场战争，还丢了一条腿；他结过婚，生了孩子；在明丽的山川中他大醉并癫过数次；他爬过无数座高山，砍倒过无数棵大树，渡过无数条波光鳞鳞①鱼脊般起伏的河流；他吃过无数只乌龟、鸟、鱼、香喷喷的鲜花和草根；他操持着把他妹子嫁到远方的平原上，又为弟弟娶了一位贤惠温良的媳妇……直到有一天，他把自己病逝的养母安葬了，才长长地舒了一口气。他也老了。大约从这个时候开始，那条木船的气味渐渐地在夜里漾起来了。那气味很特别，不像别的船只散发出的水腥味。那条木船漾出的是一种特别的香气，像是西方遮天蔽日的史前森林里一种异兽的香气。村子里的人在夜间也都闻到了这香气，有人认为它更近似于月光在水面上轻轻荡起的香气。他坐在床沿上，清楚地看见了自己的一生，同时也清澈地看见了那条木船。它是深红色的，但不像是一般的人间的油漆漆成的。远远看去，它很像是根根原木随随便便地搭成的。但实际上根本不是那么回事，它的结构精巧严密，对着日光和月光齐崭崭地开了排窗户，也许是为了在航行中同时饱饱地吸收那暮春的麦粒、油菜花和千百种昆虫的香味。在木船的边缘上，清晰地永久镌刻着十三颗星辰和一只猫的图案。那星辰和猫的双眼既含满泪水又森然有光。于是，他在家里翻箱倒柜，找出了积攒多年珍藏的碎银玉器，到镇上去换钱买了笔墨开始作画。于是这深宅大院里始终洋

① 原文如此。似应为"粼粼"。——编者注

溢着一种水的气息，同时还有一种原始森林的气息。偶或，村子里的人们听到了一种声音，一种伐木的丁当声。森林离这儿很远，人们清醒地意识到这是他的画纸上发出的声音。他要画一条木船。他也许诞生在那条木船上。他在那条木船上顺河漂流了很久。而造这条木船的原木被伐倒的声响正在他的画纸上激起回声。然后是许多天叮叮作响的铁器的声音，那是造船的声音。他狂热地握着笔，站在画纸前，画纸上还是什么也没有。他掷笔上床，呼呼睡了三天三夜。直到邻村的人都听见半空中响起的一条船下水的"嗡嗡"声，他才跳下床来，将笔甩向画纸。最初的形体显露出来了。那是一个云雾遮蔽、峭壁阻挡、太阳曝晒、浑水侵侵的形体。那是一个孤寂的忧伤的形体，船，结实而空洞，下水了，告别了岸，急速驶向"鬼门"。它像死后的亲人们头枕着的陶罐一样，体现了一种存放的愿望，一种前代人的冥冥之根和身脉远隔千年向后代人存放的愿望。船的桅杆上一轮血红的太阳照着它朴实、厚重而又有自责的表情，然后天空用夜晚的星光和温存加以掩盖。就在那条木船在夜间悄悄航行的时辰，孩子们诞生了。这些沾血的健康的孩子们是大地上最沉重的形体。他们的诞生既无可奈何又饱含深情，既合乎规律又意味深长。他艰难地挥动着画笔，描绘这一切。仿佛在行进的永恒的河水中，是那条木船载着这些沉重的孩子们前进。因此那船又很像是一块陆地，一块早已诞生并埋有祖先头盖骨的陆地。是什么推动它前进的呢？是浑浊的河流和从天空吹来的悲壮的风。因此在他的画纸上，船只实实在在地行进着，断断续续地行进着。面对着画和窗外深情生活的缕缕炊烟，他流下了大颗大颗的泪珠。

终于，这一天到了，他合上了双眼。他留下了遗嘱：要在他的床前对着河流焚烧那幅画。就在灰烬冉冉升上无边的天空的时候，那条木船又出现了。它逆流而上，在村边靠了岸。人们把这位船的儿子的尸首抬上船去，发现船上没有一个人。船舱内盛放着五种不同颜色的泥土。那条木船载着他向上游驶去，向他们共同的诞生地和归宿驶去。有开始就有结束。也许在它消失的地方有一棵树会静静长起。

1985.5.25

初恋

　　从前，有一个人，带着一条蛇，坐在木箱上，在这条大河上漂流，去寻找杀死他父亲的仇人。

　　他在这条宽广的河流上漂泊着。他吃着带来的干粮或靠岸行乞。他还在木箱上培土栽了一棵玉米。一路上所有的渔夫都摘下帽子或挥手向他致意。他到过这条河流的许多支系，学到了许多种方言，懂得了爱情、庙宇、生活和遗忘，但一直没有找到杀死自己父亲的仇人。

　　这条蛇是父亲在世时救活过来的。父亲把它放养在庄园右边的那片竹林中。蛇越养越大。它日夜苦修，准备有一天报恩。父亲被害的那天，蛇第一次窜出竹林，吐着芯子，在村外庙宇旁痛苦地扭动着身躯，并围着广场游了好几圈。当时大家只是觉得非常奇怪，觉得这事儿非同小可。后来噩耗就传来了。因此，他以为只有这条蛇还与死去的父亲保持着一线联系。于是他把它装在木箱中，外出寻找杀父的仇人。

　　在这位儿子不停地梦到父亲血肉模糊的颜面的时

刻，那条蛇却在木箱的底部缩成一团，痛苦地抽搐着，因为它已秘密地爱上了千里之外的另一条蛇。不过那条蛇并不是真正的肉身的蛇，而只是一条竹子编成的蛇。这种秘密的爱，使它不断狂热地通过思念、渴望、梦境、痛苦和暗喜把生命一点一点灌注进那条没有生命的蛇的体内。每到晚上，明月高悬南方的时刻那条竹子编成的蛇就灵气絮绕，头顶上似乎有无数光环和火星飞舞。它的体格逐渐由肉与刺充实起来。它慢慢地成形了。

终于，在这一天早晨，竹编蛇从玩具房内游出，趁主人熟睡之际，口吐火花似的芯子，咬住了主人的腹部。不一会儿，剧毒发作，主人死去了。这主人就是那位儿子要找寻的杀父仇人。那条木箱内的蛇在把生命和爱注入竹编蛇的体内时，也给它注入了同样深厚的仇恨。

木箱内的蛇要不告而辞了。夜里它游出了木箱，要穿越无数洪水、沼泽、马群、花枝和失眠，去和那条竹编蛇相会。而它的主人仍继续坐在木箱子上，寻找他的杀父仇人。

两条相爱的蛇使他这一辈子注定要在河道上漂泊、寻找。一支火焰在他心头燃烧着。

1985.5.22

诞生

　　这个脸上有一条刀疤的人，在叫嚷的人群中显得那么忧心忡忡。他一副孤立无援的样子，紫红的脸膛上眼睛被两个青圈画住。他老婆就要在这个酷热的月份内临盆了。

　　人们一路大叫着，举着割麦季节担麦用的铁尖扁担，向那条本来就不深的河流奔去。河水已经完全干涸了，露出细沙、巨大的裂口和难看的河床。今年大旱，异常缺水，已经传来好几起为水械斗的事情了。老人们说，夜间的星星和树上的鸟儿都显示出凶兆。事实上，有世仇的两个村子之间早就酝酿着一场恶斗了。在河那边，两村田地相接的地方，有一个小小的蓄水的深池。在最近的三年中，那深池曾连续淹死了好几个人。那几座新坟就埋在深池与庙的中间，呈一个"品"字形。

　　两村人聚头时，男人妇人叫成一团。远远望去，像是有一群人正在田野上舞蹈。铁尖扁担插在田埂上：人们知道这是一件致命的凶器。不到急眼时，人们是不会用它的。仿佛它们立在四周,只是一群观战的精灵,只是这场恶斗的主人和默默的依靠。池边几只鸟扑打着身躯飞起。远去中并没能听见它们的哀鸣,地面的声响太宏大了。这个脸上有刀疤的人,接连打倒了好几位汉子,其中一条汉子的口里还冒着酒气。泥浆糊住了人们的面孔。人们的五官都被紧张地拉开。动作急促,断续,转瞬即逝,充满了遥远的暗示。有几个男人被打出血来了。有好几个妇人则躺在地上哼哼,另外一些则退出恶战。剩下了精壮的劳力,穿着裤衩抢着厮打在一起。还有一名观看助战少年,失足落入池中,好在水浅,一会儿就满身泥浆地被捞上来。

这时,刀疤脸被几条汉子围住了。他昏天昏地地扭动着脖子。不知是谁碰了一下,一根铁尖扁担自然地倾斜着,向他们倒来。那几条汉子本能地跳开了。在他瘫坐下去时,铁尖迟钝地戳入他的脖子。有几个妇人闭上了眼睛。就在这一瞬间,他痛苦地意识到妻子分娩了。他如此逼真地看到了扭曲的妻子的发辫和那降生到这世上的小小的沾血的肉团。这是他留下的骨血,他的有眼睛的财宝。他咧着嘴咽下最后一口气,想笑而又没笑出来。

……人们把这具尸首抬到他家院子里时,屋子里果真传出了婴儿的啼哭声。不知为什么,牛栏里那头沾满泥巴的老黄牛的眼眶内也正滑动着泪珠。

1985.5.22

公鸡

这里生活的人们有一个习惯，在盖新房砌地基时要以公鸡头和公鸡血作为献祭。这个村子里老黑头今年要盖房。

老黑头今年快六十了，膝下无儿无女，老夫妻和和睦睦地过着日子。不久前，他外出进山贩运木材，历经千辛万苦，靠着这条河流和自己的血汗，一把老筋骨，攒下了一些钱。他要在今年春上盖四间房子。事情就这么定了。

他家有一只羽毛似血的漂亮公鸡。

老黑头挑好了地基，背后是一望无际的洼地。只有一些杂树林，那是自然生长出来的。还有一些摸不清年代的古老乱坟，那是人们与这片洼地最早结下的契约，现在这契约早被人们遗忘了。人们只守着门前的几亩薄土过日子，淡漠了身后无边的洼地。风水先生说这片洼地属卧龙之相，如果老黑头命根子深，他家就会添子成龙。老黑头心里半信半疑。每到黄昏时分，他就在洼地里乱转。他和洼地逐渐由陌生而熟悉，最终结成了一种密不可分的关系。尤其在黄昏，他们能相互体会，体会得很深很深。西边的落日突然在树丛间垂直落下，被微微腾起的积尘和炊烟掩埋。老黑头的心像这一片洼地为黑夜的降临而轻轻抖动。他觉得老天有负于他，这么一个老实巴交的人，居然不能享有一个儿子。老黑头走出洼地的时候，吐了一口唾沫。天黑得很快。老伴又在守着小灯等他回去吃晚饭了。在盖房之前的那天夜里，没有人知道，老黑头对着他的老朋友——那片洼地磕了几个响头。

　　盖房那天上午，砖瓦匠们摸摸嘴巴上的油，提着瓦刀，立在四周。一位方头脑的家伙拎着那只漂亮的红公鸡走到中央。他对着鸡脖子砍了一刀。殷红的血涌了出来，急促地扑打到褐色的地面上，像一朵烈艳的异花不断在积尘上绽开。鞭炮声响起来了。老黑头递一支纸烟给那方头大汉。就在他伸出一只手接烟的当口，那只大红公鸡拖着脖子从他手里挣脱出来，径直飞越目瞪口呆的人群，流着血，直扑洼地而去，不一会儿，就消失在乱树丛后面。老黑头这才回过味来和大伙一起，拥向洼地。但那只公鸡像是地遁了似的，连血迹和羽毛也没见到。大伙跟着老黑头踏入这片陌生的洼地，暗暗地纳闷着，继续向深处走去。突然，前面传来了婴儿的啼哭声，人们放大了步子，加快了速度，向前搜索着，不时地互相传递着惊异的表情。杂树枝上一些叶片刚从乌黑的笨重的躯壳里挣扎出来，惊喜地瞧着这渴望奇迹的人们，甚至用柔韧的躯体去接触他们，摸摸他们头顶的黑发。洼地满怀信心地迎接并容纳着人们。大伙终于发现了一位用红布小褂包裹的男婴。他躺在两座古老坟包之间，哇哇直哭。说也奇怪，在婴儿的额上居然发现了两滴潮红的血和一片羽毛。那羽毛很像是那只大红公鸡的。不过也没准是鸟儿追逐时啄落下来的。就是血迹不太好解释。公鸡终于没有找到。

自然是老黑头把那男婴抱回家去了。

剩下的人们整个春季都沉浸在洼地的神秘威力和恩泽中。人们变得沉默寡言。人们的眼睛变得比以前明亮。

又用了一只公鸡头，老黑头的房子盖好了。第二年春天老黑头的妻子居然开怀了，生了一个女儿，但更多的乳汁是被男婴吮吸了。奇迹没有出现。日子照样一直平常地过下去。日落日出，四季循环，只是洼地变得温情脉脉，只是老黑头不会绝后了。

1985.5.24

南方

　　我 81 岁那年，得到了一幅故乡的地图。上面绘有断断续续的曲线，指向天空和大地，又似乎形成一个圆圈。其中的河流埋有烂木板、尸体和大鱼。我住在京城的郊外，一个人寂寞地做着活儿，手工活儿，为别人缝些布景和道具。我在房子中间也得把衣领竖起，遮蔽我畏寒的身体。那好像是一个冬天，雪花将飘未飘的时候，一辆黑色的木轮车把我拉往南方。我最早到达的地方有一大片林子。在那里，赶车人把我放在丛树中间的一块花石头上，在我的脚下摆了好些野花。他们把我的衣服撕成旗帜的模样，随风摆动。他们便走了。开始的时候，我不能把这理解为吉兆。直到有一颗星星落在我的头顶上，事情才算有了眉目。我的头顶上火星四溅，把我的衣裳和那张故乡曲折的地图烧成灰烬，似乎连我的骨头也起了大火。就在这时，我睁开了眼睛，肉体新鲜而痛苦，而对面的粗树上奇迹般地拴了一匹马。它正是我年轻力壮时在另一片林子里丢失的。这，我一眼就能看出事情非同小可。为了壮胆，我用手自己握住，做出饮酒的姿势。这匹马被拴在树上，打着响鼻。我牵着它走向水边，准备洗洗身子，忽然发现水面上映出一位三十多岁的汉子，气得我当场往水里扔了块石头。就这样，北方从我的手掌上流失干净。等一路打马，骑回故乡的小城，我发现故乡的小雨下我已经长成二十岁的身躯，又注入了情爱。我奔向那条熟悉的小巷。和几十年前一样，那扇窗户还开着。和那个告别的夜晚一样：外面下着雨，里面亮着灯。我像几十年前一样攀上窗户，进屋时发现我当年留下的信件还没有拆开。突然，隔壁的房间里传来她吃吃的笑声。我惊呆了，只好跳下窗户，飞身上马，奔向山坡。远远望见了我家的几间屋子，在村头立着。我跃下马，滚入灰尘，在门前的月下跌一跤，膝盖流着血。醒来时已经用红布包好。母亲坐在门前纺线，仿佛做着一个古老的手势。我走向她，身躯越来越小。我长到3岁，抬头望门。马儿早已不见。

1985.8

1986 年 8 月

从哪儿写起呢？这是一个夜里，我想写我身后的，或者说，我房子后边的一片树林子。我常常在黄昏时分，盘桓其中，得到无数昏暗的乐趣，寂寞的乐趣。有一队鸟，在那县城的屋顶上面，被阳光逼近，久久不忍离去。

（1）我是说，我是诗，我是肉，抒情就是血。歌德、叶芝，还有俄国的诗人们、英国的诗人们，都是古典抒情的代表。抒情，质言之，就是一种自发的举动。它是人的消极能力：你随时准备歌唱，也就是说，像一枚金币，一面是人，另一面是诗人。不如说你主要是人，完成你人生的动作，这动作一面映在清澈的歌唱的泉水中——诗。不，我还没有说出我的意思，我是说，你首先是恋人，其次是诗人；你首先是裁缝，是叛徒，是同情别人的人，是目击者，是击剑的人，其次才是诗人。因为，诗是被动的，是消极的，也就是在行为的深层下悄悄流动的。与其说它是水，不如说它是水中的鱼；与其说它是阳光，不如说它是阳光下的影子。别的人走向行动，我走向歌唱；就像别的人是渔夫，我是鱼。

抒情，比如说云，自发地涌在高原上。太阳晒暖了手指、木片和琵琶，最主要的是，湖泊深处的王冠和后冠。湖泊深处，抒情就是，王的座位。其实，抒情的一切，无非是为了那个唯一的人，心中的人，B，劳拉或别人，或贝亚德丽丝。她无比美丽，尤其纯洁，够得上诗的称呼。

就连我这些话也处在阴影之中。

（2）古典：当我从当代、现代走向古典时，我是遵循泉水的原理或真理的。在那里，抒情还处于一种清澈的状态，处于水中王冠的自我审视。在萨福那里，水中王位不会倾斜。你的牧羊人斜靠门厅而立。岩间陶瓶牵下水来。

（3）语言层次：是的，中国当前的诗，大都处于实验阶段，基本上还没有进入语言。我觉得，当前中国现代诗歌对意象的关注，损害甚至危及了她的语言要求。

夜空很高，月亮还没有升起来。

而月亮的意象，即某种关联自身与外物的象征物，或文字上美丽的呈现，不能代表诗歌中吟咏的本身。它只是活在文字的山坡上，对于流动的语言的小溪则是阻障。

但是，旧语言旧诗歌中的平滑起伏的节拍和歌唱性差不多已经死去了。死尸是不能出土的，问题在于坟墓上的花枝和青草。新的美学和新语言新诗的诞生不仅取决于感性的再造，还取决于意象与咏唱的合一。意象平民必须高攀上咏唱贵族。语言的姻亲定在这个青月亮的夜里。即，人们应当关注和审视语言自身，那宝石，水中的王，唯一的人。劳拉哦劳拉。

（4）黎明。黎明并不是一种开始，她应当是最后来到的，收拾黑夜尸体的人。我想，这古典是一种黎明，当彼岸的鹿、水中的鹿和心上的鹿，合而为一时，这古典是一种黎明。

1986 年 11 月 18 日

我觉得今天非得写点儿什么。

这些天，我觉得全身骨骼格格响，全身的全副的锁链一下挣脱了，非常像《克里斯朵夫》上的一些描写。

我一直就预感到今天是一个很大的难关。一生中最艰难、最凶险的关头。我差一点被毁了。两年来的情感和烦闷的枷锁，在这两个星期（尤其是前一个星期）以充分显露的死神的面貌出现。我差一点自杀了：我的尸体或许已经沉下海水，或许已经焚化；父母兄弟仍在痛苦，别人仍在惊异，鄙视……但那是另一个我——另一具尸体。那不是我。我坦然地写下这句话：他死了。我曾以多种方式结束了他的生命。但我活下来了，我——一个更坚强的他活下来了，我第一次体会到了强者的尊严、幸福和神圣。我又生活在圣洁之中。过去蜕下了，如一张皮。我对过去的一张面孔，尤其是其中一张大扁脸充满了鄙视……我永远摆脱了，我将大踏步前进。

我体会到了生与死的两副面孔，似乎是多赚了一条生命。这生命是谁重新赋予的？我将永远珍惜生命——保护她，强化她，使她放出美丽光华。今年是我生命中水火烈撞、龙虎相斗的一年。在我的诗歌艺术上也同样

300

呈现出来。这种绝境。这种边缘。

在我的身上在我的诗中我被多次撕裂。目前我坚强地行进，像一个年轻而美丽的神在行进。《太阳》的第一篇越来越清晰了。我在她里面看见了我自己美丽的雕像：再不是一些爆炸中的碎片。日子宁静——像高原上的神的日子。

我现在可以对着自己的痛苦放声大笑！

而突然之间，克里斯朵夫好像看到自己就躺在死者的地位，那可怕的话就在自己的嘴里喊出来，而虚度了一生，无可挽回地虚度了一生的痛苦，就压在自己的心上。于是他不胜惊骇地想着："宁可受尽世界上的痛苦，受尽世界上的灾难，可千万不能到这个地步！"……他不是险些到了这一地步吗？他不是想毁灭自己的生命，毫无血气地逃避他的痛苦吗？以死来鄙薄自己，出卖自己，否定自己的信仰……但世界上最大的刑罚，最大的罪过，跟这个罪过相比，所有的痛苦，所有的欺骗，还不等于小孩子的悲伤？

他看到人生是一场无休、无歇、无情的战斗。凡是要做个够得上称为人的人，都得时时刻刻向无形的敌人作战：本能中那些致人死命的力量、乱人心意的欲望、暧昧的念头、使你堕落使你自行毁灭的念头，都是这一类的顽敌。他看到自己差一点儿坠入深渊，也看到幸福与爱情只是一时的欺罔，为是叫你精神解体，自暴自弃。于是这十五岁的清教徒听见了他的上帝的声音。

1987 年 11 月 14 日

仿佛是很久以前的一支笔，她放在那里，今夜我又重新握起。头绪很多，我简直不知从何写起。而且，因为全身心沉浸在诗歌创作里，任何别的创作或活动都简直被我自己认为是浪费时同。我一直想写一种经历或小说，总有一天它会脱离阵痛而顺利产出。但如今，我实在是全身心沉浸在我的诗歌创造中，这样的日子是可以称之为高原的日子、神的日子、黄金的日子、王冠的日子。我打算明年去南方，去遥远的南国之岛，去海南。在那里，在热带的景色里，我想继续完成我那包孕黑暗和光明的太阳。真的以全部的生命之火和青春之火投身于太阳的创造。以全身的血、土与灵魂来创造永恒而又常新的太阳，这就是我现在的日子。

应该说，现在和这两年，我在向歌德学习精神和诗艺，但首先是学习生话。但是，对于生话是什么？生活的现象又包孕着什么意义？人类又该怎样地生活？我确实也是茫然而混沌，但我确实是一往直前地拥抱生活，充分地生活。我挚烈地活着，亲吻，毁灭和重造，犹如一团大火，我就在大火中心。那只火焰的大鸟："燃烧"——这个诗歌的词，正像我的名字，正像我自己向着我自己疯狂的微笑。这生活与生活的疯狂，我应该感激吗？我的燃烧似乎是盲目的，燃烧仿佛中心青春的祭典。燃烧指向一切，拥抱一切，又放弃一切，劫夺一切。生活也越来越像劫夺和战斗，像"烈"。随着生命之火、青春之火越烧越旺，内在的生命越来越旺盛，也越来越盲目。因此燃烧也就是黑暗——甚至是黑暗的中心、地狱的中心。我和但丁不一样，我在这样早早的青春中就已步入地狱的大门，开启生活和火焰的大门。我仿佛种种现象，怀抱各自本质的火焰，在黑暗中冲杀与砍伐。我的诗歌之马大汗淋漓，甚至像在流血——仿佛那落日和朝霞是我从耶稣诞生的马厩里牵出的两匹燃烧的马、流血的马——但是它越来越壮丽，美丽得令人不敢逼视。

我要把粮食和水、大地和爱情这汇集一切的青春统统投入太阳和火，让它们冲突、战斗、燃烧、混沌、盲目、残忍甚至黑暗。我和群龙一起在旷荒的大野闪动着亮如白昼的明亮眼睛，在飞翔，在黑暗中舞蹈、扭动和厮杀。我要首先成为群龙之首，然后我要杀死这群龙之首，让它进入更高的生命形式。生命在荒野不可阻挡地溢出，舞蹈。我和黑夜，同母。

但黑暗总是永恒，总是充斥我骚乱的内心。它比日子本身更加美丽，是日子的诗歌。创造太阳的人不得不永与黑暗为兄弟，为自己。

魔——这是我的母亲、我的侍从、我的形式的生命。它以醉为马，飞翔在黑暗之中，以黑暗为粮食，也以黑暗为战场。我与欲望也互通心声，互相壮大生命的凯旋，互为节奏，为夜半的鼓声和急促的屠杀。我透过大火封闭的牢门像一个魔。对我自己困在烈焰的牢中即将被烧死——我放声大笑。我不会笑得比这个更加畅快了！我要加速生命与死亡的步伐。我挥霍生命也挥霍死亡。我同是天堂和地狱的大笑之火的主人。

　　想起八年前冬天的夜行列车，想起最初对女性和美丽的温暖感觉——那时的夜晚几乎像白天，而现在的白天则更接近或等于真正的子夜或那劳动的作坊和子宫。我处于狂乱与风暴中心，不希求任何的安慰和岛屿，我旋转犹如疯狂的日。我是如此的重视黑暗。以至我要以《黑夜》为题写诗。这应该是一首真正伟大的诗，伟大的抒情的诗。在《黑夜》中我将回顾一个飞逝而去的过去之夜、夜行的货车和列车、旅程的劳累和不安的辗转迁徙、不安的奔驰于旷野同样迷乱的心，渴望一种夜晚的无家状态。我还要写到我结识的一个个女性、少女和女人。她们在童年似姐妹和母亲，似遥远的滚动而退却远方的黑色的地平线。她们是白天的边界之外的异境，是异国的群山，是别的民族的山河，是天堂的美丽灯盏一般挂下的果实，那样的可望而不可即。这样她们就悸动如地平线和阴影，吸引着我那近乎自恋的童年时代。接下来就是爆炸和暴乱，那革命的少年时代——这疯狂的少年时代的盲目和黑暗里的黑夜至今也未在我的内心平息和结束。少年时代他迷恋超越和辞句，迷恋一切又打碎一切，但又总是那么透明，那么一往情深，犹如清晨带露的花朵和战士手中带露的枪支。那是没有诗而其实就是盲目之诗的岁月，执着于过眼烟云的一切，忧郁感伤仿佛上一个世纪的少年，为每一张匆匆闪过的脸孔而欣悦。每一年的每一天都会爱上一个新的女性，犹如露珠日日破裂日日重生，对于生命的本体和大地没有损害，只是增添了大地诗意的缤纷、朦胧和空幻。一切如此美好，每一天都有一个新的异常美丽的面孔等着我去爱上。每一个日子我都早早起床，我迷恋于清晨，投身于一个又一个日子，那日子并不是生活——那日子他只是梦，少年的梦。这段时间在我是较为漫长的，因为我的童年时代是结束得太早太快了！①

———————————
① 以下三页被撕掉。